集英社オレンジ文庫

ノベライズ

君が心をくれたから 2

山本　瑤

脚本／宇山佳佑

本書は書き下ろしです。

Contents

ノベライズ

君が心をくれたから

2

第六話　声の手ざわり

1

幼い頃から暮らした祖母の家なのに、空気がまるで違っている。雨は朝、起きるとまず彼のことを考えた。

着替えをして、恐る恐る階段を降りる。深呼吸をひとつして、手で髪を撫でつける。それから、できるだけ足音を立てないようにして、そっと居間をのぞきこんだ。すると。

「おはよう」

キッチンから、彼が現れた。エプロンをして朝食が載った盆を手にしている。とっくに起きて、着替え、朝食を作ってくれていたらしい。雨は、ぎこちなく挨拶を返す。

「お、おはよう」

「どうしたの?」

「太陽君がうちにいるの、なんだかまだ慣れなくて……」

太陽は笑った。

「もう三日も一緒に暮らしてるのに？」

「まだ三日だよ」

おそらく一週間、一ヶ月経っても、慣れることはできないだろう。

彼はこの家で寝泊まりをして、仕事もここから出かけている。朝、目が覚めるたびに、雨は喜びと同時に、不安を覚えてしまう。自分が幸福な夢を見ていたのではないかと。でも夢ではない。しかもこうして朝食の準備までしてくれる。

「朝ごはん、ごめんね」

「ううん。料理下手だから味に自信はないけど」

「でも嬉しい。ありがとう」

「食べようか」

「うん……！」

何よりも、太陽が自分のために食事を作ってくれるという状況が嬉しい。ただし、雨は相変わらず食欲がない。味覚がないからだ。それでも、太陽に余計な心配をさせたくなくて、無理に箸を動かす。

「昨日、寒くなかった？　居間で寝させてごめんね」

「全然。うちより居心地いいくらいだよ」

「無理して泊まらなくてもいいからね？」

「ここから仕事に行ってるし平気だよ。それに、雪乃さん入院してるし、一人じゃ心細いでしょ？」

「それは……」

太陽は、ただただ、雨の状況を慮って、ここにいてくれているのだ。雨はつい先日、彼に本当の気持ちを告げて、二人は付き合うことになった。そうなってからまだ日が浅いし、太陽は礼儀正しく、居間で寝泊まりをしている。雨にしてみれば、心細いからというよりも、彼がこうして傍にいてくれることが嬉しかった。

本当は、すべての想いに永遠に蓋をして、彼から離れようとしていたのだから。

それが今、こうして一緒にいる。一分でも、一秒でも長く彼といたい。しかし、まさかそんなことは言えず、黙って箸を動かしていると。

「……ごめん。今の言い訳。俺がここにいたいんだ」

太陽が呟くように言い、少しバツが悪そうな表情を浮かべた。

「ちょっとでも雨ちゃんと一緒にいたくて」

雨は固まってしまう。

彼が突然、反応に困るようなことを言い出すのは、今に始まったことではない。それでも非常にびっくりした。

太陽君が、わたしと同じことを思ってくれていたなんて。

驚きのあまり、

「そ、そうっすか」

と、変な声が出てしまった。

「そうっすか？」

雨は赤面する。

「太陽君が変なこと言うから動揺したの！」

太陽は笑う。

「ごめんごめん。そうだ、雨ちゃんにお願いがあるんだ」

雨はまた、どきりとした。さらに突拍子もない事を言い出すんじゃ……。

太陽は実際、仰々しく膝を正す。

「呼び方、変えてもいい？」

「呼び方？」

「雨って呼びたいんだ」

雨は箸をポロリと落とした。

「だ、大丈夫？」

いや、大丈夫ではない。予想の斜め上のお願いだった。

「急展開すぎて脳が停止した……」

「いやほら、こうして付き合いはじめたわけだしさ」

付き合う、という言葉を聞くだけで、赤くなってしまうのに。呼び方を変える？

「ちょ、ちょっと考えさせて。自分の名前ってまだ苦手で。呼び捨てにされるの、抵抗あるっていうか……」

「分かった。ゆっくり考えてみて」

「わたしも『太陽』みたいな素敵な名前だったら、胸を張って、いいよって言えるんだけどな」

初めて会った時からそう考えていた。太陽という名前も、彼の性格も、雨とはまるで真逆だと。羨ましいだけでなく、感謝もしている。名前にふさわしい太陽は、その明るさと温かさで、雨の凍てついた心を、ゆっくりと溶かしてくれた。

もっとも本人にその自覚はないようだ。

「素敵かなぁ……」

首をひねりながら、味噌汁に口をつけている。とたん、顔をしかめた。

「うわ、しょっぱい。ごめん、無理して飲まなくていいから」

「ううん。わたし味覚ないから平気だよ」

雨は明るく言って、平然と味噌汁をすする。すると太陽が、そんな雨をじっと見つめた。

「どうしたの？」

「味覚、本当にないんだなって思って……」

雨は反応に困ってしまう。隠すのも無理なことだし、明るく笑い飛ばす場面でもない。

すると太陽が、核心を衝く質問をした。

「五感をなくすって、具体的にはなんて病名なの？」

「病名は……」

どうしよう。本当のことは言えない。太陽の命と引き換えに、〝奇跡〟を背負う取引をしたことなど。奇跡の案内人である日下は言った。雨は一つずつ五感を失っていくが、そのことを太陽以外に話せば、太陽は死ぬ。ただ、太陽にだけは、本当のことを言えると。

でも雨は、太陽に教えるつもりはない。墓場まで持っていくのだ。優しい彼に負い目を感じさせないために。

だから今も、答えに窮して黙り込んでしまう。太陽は真っ直ぐな目で雨を見ている。

ああ、どうしよう……と、そのとき、スマホが鳴った。

「ごめん、アラーム。仕事に行かないと」

太陽は立ち上がって、雨はホッとしたが、分かっていた。近いうちに、彼はまた同じ質問をするだろう。そのとき雨は、なんと答えたらいいのだろう。

太陽が仕事に出かけたあと、雨は家中の掃除にとりかかった。今の状況では、長期のアルバイトは難しい。だからといって、家でただぼんやりしていると、余計なことを考えてしまう。雪乃の見舞いに行く前に、せめてもと、祖母の部屋から掃除することにした。棚の雑巾がけをしていると、嫌でも腕時計が目に留まる。数字は今も減り続けている。次に奪われるのは触覚。日下は、こう言っていた。

『——触覚とは、世界と、そして誰かとの繋がりを実感するための感覚と言っても過言ではない』

彼は決して嘘は言わない。味覚も、嗅覚も、雨という人間を構成する大事な感覚であることが、失って初めて分かった。

だからきっと、触覚もそうだ。世界や、大切な人々から遠く離れた場所に、ひとりで飛ばされ、そこにとどめ置かれる。その状況を想像しては、絶望する。

それでも懸命に手を動かし、棚の奥の方まで雑巾をかける——と、そこに、風呂敷に包まれたあるものを見つけた。

雨は怪訝に思って、その風呂敷包みを引っ張り出すと、開いてみる。

それは、古いボイスレコーダーだった。

思わず笑みが溢れる。

「懐かしい……」

2

　雪乃は本当に働き者だった。本当だったらもう子育ての年齢を過ぎているのに、小学生だった雨を引き取ったことで、さらに仕事の時間を増やしたのかもしれない。

　あれは確か、雪乃の家に引き取られてしばらく経った頃のことだ。小学三年生だった雨はいつも、鍵を開けて家に入り、夜に雪乃が帰宅するのを一人で待っていた。母と暮らしていた時から留守番には慣れていた。それでも、雪乃が慌てた様子で帰ってくると、随分ホッとしたことを昨日のことのように憶えている。

「ただいま、雨。すぐにご飯作るからね」

　雪乃はそう言って荷物を置くと、すぐにエプロンをしめて台所に向かおうとした。その時、トートバッグが倒れて中から小箱が零れ落ちたのだ。

「これ、なあに？」

「ボイスレコーダーよ。電気屋さんの福引きで当てたの」

　雪乃は箱を開けて、中身を見せてくれた。

「このボタンを押してマイクに向かって喋ると――」

　そこで再生ボタンを押すと、

『このボタンを押してマイクに向かって喋ると——』

「すごい！　やってみたい！」

「はい、どうぞ」

「あーあ、わたしの名前は、逢原雨です」

『あーあ、わたしの名前は、逢原雨です』

　わあ、と雨は目を輝かせた。まるで魔法のように感じた。

「気に入った？」

「うん！」

「あ、じゃあ、交換日記しようか」

　雪乃は優しく笑った。

「ばあちゃん、仕事に行く前、ここにメッセージを入れておくわ。だから雨も帰ってきたら、今日あったこととか、聞いてほしいこととか、なんでもいいから声を入れておいて。そうやって交換日記をするの」

「楽しそう！」

　雪乃の提案は孤独感など吹き飛ばしてくれるような、まさに魔法のようなものだった。嬉しそうに飛び跳ねる雨を、雪乃は目を細めて見ていた。

「よし、じゃあ明日からやってみよう」

　こうして雨と雪乃のボイスレコーダーを使った交換日記が始まった。

　雨は翌日から、帰宅すると、ランドセルを下ろす前にまず、ボイスレコーダーを手に取り、再生ボタンを押した。

『おかえり、雨。学校はどうだった？　今日はばあちゃん、美味しいよりよりを食べました』

　よりよりとは、小麦粉を練って揚げた甘い菓子のことだ。中国伝来で、唐人巻とか、麻花巻、ねじりんぼうとも呼ばれる。

「いいなあ、ずるい！」

　まるで目の前に雪乃がいて喋っているかのように、雨は反応した。

『雨の分もちゃんとあるから、おやつに食べてね』

「やったぁ！」

　それからは、家に帰ってくるのが楽しみになった。ばあちゃんは今日、どんなことを吹き込んだんだろう。自分は何を吹き込もうかな。学校であったことを吹き込んでおくと、雪乃はとても喜んでくれた。だから雨も一生懸命、その日にあったことを整理して、ボイスレコーダーに向かって話したものだ。

『雨、今日も無事に帰ってきてくれて、ありがとうね』

　そんな言葉が吹き込まれていたこともあった。雨は祖母の確かな愛情を感じ、胸がじんわりと温かくなった。ひとりぼっちの留守番も、寂しくはなかった。雪乃はいつもそんな風に、雨を大きな愛情で包み込んでくれていたのだ。

『ばあちゃんは、雨が元気だと、うんと嬉しいよ』

思えば、祖母の口癖は雨にもしっかりとうつっていた。うんと嬉しい。うんと幸せ。雨もよくそう口にしていたから。

『じゃあ、夜まで良い子で過ごしてね』

雨は、はーい、と返事をした。それからボイスレコーダーの録音ボタンを押した。

「ばあちゃん、ただいま！　これからよりより食べるよ！」

毎日のそんなやり取りが、とても幸福だった。

今、雨は懐かしいレコーダーを見つけ、掃除の手を止めて過去に想いを馳せる。

ばあちゃんの声は、あったかい……。

当時はそんなことを改めて考えることもなかった。嬉しかったけれど、祖母の温かさがどれほどありがたいものだったか、今の方がより分かる。

雪乃の声に触れたら、なんだかぎゅっと抱きしめられているみたいだった。だからこのボイスレコーダーは、雪乃の声は、小さな雨の一番の宝物だった。

その雪乃は今、病室にいる。しんみりとした雨だったが、気を取り直し掃除の続きにとりかかろうとした。そのとき、ポケットの中のスマホが鳴った。

どきりとしてスマホを取り出すと、『慶明大学病院』の表示だ。飛びつくように通話ボタンを押した。

「もしもし！」

『逢原雨さんでしょうか？』

看護師の声が遠くから聞こえた。

『お婆様の容態が急変しました』

雨は呆然と立ち尽くした。

3

太陽は朝野煙火工業の事務所で、持参した弁当箱を開いた。すかさず周りに寄ってきた仕事仲間たちが、口々に囃し立てる。

「出たぁ～！　麗しの愛妻弁当！」

「美味そうだなあ、幸せモン」

「やっぱ妻の愛情って弁当の中身と比例するよなぁ」

年配の達夫までがこの騒ぎに参入してくる。

「おい、それは、おかずが切り干し大根だけの俺に対する嫌みか？　ピーカン、お前も五十年後にはこうなるぞ」

　なんだかいたたまれない。太陽は曖昧に笑って弁当箱を手に立つと、妹の春陽のいるところまで逃げた。すると春陽は、じろりと太陽を睨んでくる。

「弁当でマウント取るとか最低」

「違うって。これ、自分で作ったやつだから」

　弁当箱は逢原家にあったものを使わせてもらっているから、たしかに一見、彼女に作ってもらったように見えるだろう。

　しかし、雨は味覚や嗅覚を失っているため、料理することは負担になる。太陽は、雨の負担を少しでも減らしたい。彼女ができないことがあるなら、太陽がやればいい。何より、彼女と両想いになれて、一つ屋根の下で寝起きする日々は、この上もなく幸福なものだ。朝食や弁当を作ることくらい、いくらだってできる。もっとも今朝作った味噌汁はしょっぱすぎて、とても飲めたものではなかったが……。

　雨はあれを、躊躇なく飲んだ。味覚がないから大丈夫だと言って。

　黙り込んだ太陽に、春陽が容赦のない言葉を浴びせてくる。

「それに彼女ができた途端、三連泊とかマジ最低。こちとら晩酌だけが唯一の楽しみの、しみったれたクソジジイとの二人暮らし。マジのガチで最低よ」

「だから言ったろ？　雨ちゃんのおばあさん、入院してるんだよ。心細いだろうから一緒にいるだけだって」

「はんっ。どうだかね」

憎まれ口を叩きながらも、春陽は少し嬉しそうだ。妹が兄の恋愛がうまくいくよう骨を折ってくれたことを、太陽はちゃんと分かっている。

太陽は父親の陽平に声をかけた。

「あ、そうだ。父さん、ひとつ訊いていい？」

「しみったれたクソジジイに答えられることならな」

さすが、自分の悪口は決して聞き逃さない。

「俺の名前って、父さんがつけたの？」

「いや、つけたのは明日香だ。それがどうした？」

「なんで太陽なんだろうって思って」

改めて訊いたことはなかった。物心ついたときから自分の名前に違和感を抱いたことはなかったし、友達や仕事仲間からは「ピーカン」と呼ばれた。でも雨は違う。名前にコンプレックスを抱いている。それをどうにかしてやりたかった。

息子に名前の由来を訊かれた陽平は、柔和な微笑を浮かべる。

「おまえは、明日香の太陽だからな」

「え？」

「あいつ、生まれたばかりのお前を抱っこして言ってたよ。温かくて、優しくて、太陽みたいにかけがえのない存在だって。だから太陽にしたんだ」

「そうなんだ……」

母の明日香は、煙火工場の失火で亡くなった。五歳だった太陽を庇(かば)って。太陽は、火事の原因が自分であることを最近になって思い出し、苦しんだ。

「もし明日香が生きていれば、そういうことも直接訊けたのにな……」

陽平は寂しそうに笑う。母の死に負い目がある太陽は黙り込んだ。すると春陽が場の空気を読んだのか、明るい声で質問する。

「ねえねえ、わたしの名前もお母さんがつけたの⁉」

「お前のは俺だ。春のぽかぽか陽気の日につけたんだよ」

春陽はぷっと頰(ほお)を膨(ふく)らませる。

「何その、ぽかぽかネーム。適当みがすごいんですけど」

笑いが起こって、太陽も苦笑する。その時、スマホが鳴った。雨からの着信だった。


帰りたい──。

雪乃はそう言った。病院からの連絡を受けて、雨が駆けつけると、雪乃は鼻に酸素チューブをつけて、弱々しくベッドに横たわっていた。

「ばあちゃん！　大丈夫⁉　しっかりして！」

足元から震えがくる自分を叱咤し、雪乃に話しかけた。これほど弱った様子の祖母を見るのは初めてのことだった。

大好きな雪乃の手を、必死に握ると、雪乃が雨をじっと見て呟いたのだ。

「帰りたい……」

医師と看護師たちは、難しい顔をして黙っている。すると雪乃は力を振り絞るように、繰り返した。

「家に帰りたい……お願い、雨。連れて帰って……」

雪乃の願いなら、すべてを叶えてやりたいと雨は思った。でもこれほど弱っている状態で、帰宅なんてできるだろうか。

その後医師とも話し、雨は太陽に連絡した。仕事中の呼び出しは気が引けたが、今、雨が一番頼ることができるのは彼だった。

太陽はすぐに駆けつけてきてくれた。病室の前の廊下に静かに座っている雨のところに、息せき切った状態の太陽が駆け寄ってくる。

「雨ちゃん、大丈夫⁉」

まるで自分のことのように心配してくれている。太陽の顔を見た途端、力が抜けるのが分かった。

「急に電話してごめん。ばあちゃんが帰りたいって……」

「それで？　先生は？」

「一時外泊なら許可できるって。でも移動のときに急変する可能性があるから、もし何かあっても責任は取れないって言われて……。どうしたらいいと思う？」

「……帰ろう」

　太陽は即答した。

「大丈夫。俺もいるから」

　もう何度、彼のこんな顔を見ただろう。覚悟を決めた力強い顔。今回もやっぱり、こうして雨の背中を押してくれる。

　雨はきゅっと唇を結び、頷（うなず）いた。


　俺を呼んでくれてよかった。太陽は心から思った。人に頼ることが苦手な雨が連絡をしてきたのは、よほど切羽詰（せっぱつ）まっていたのだろう。

　太陽も病室で横たわる雪乃を見て、はっとした。ここ数日で、一気に弱ってしまった感じだ。顔色は悪く、唇には生気がなかった。

　一時帰宅の許可を取り、雨と二人で雪乃を支え、タクシーに乗った。逢原家の玄関からは太陽が雪乃を背負い、部屋へと運んだ。その軽さと、肩に回される腕や手の弱々しさに胸が痛んだ。雪乃をそっとベッドに横たえた時、スマートスピーカーのシンディーが「オ客サマガ、イラッシャイマシタ」と告げた。

玄関口で車椅子を片付けていた雨が対応したようだ。太陽には、誰が来たのか分かっていた。しばらくして、ドアが開き、彼が姿を見せた。

「連絡ありがとうございます。必要になりそうなもの、いろいろ買ってきたので雨ちゃんに渡しました」

望田司だ。なんの因果か、この人とは、雨の母親のときもそうであったが、何かと逢原家のことに一緒に付き合っている。だから今回も、太陽の方から彼に連絡をしたのだ。

「……二人とも、迷惑かけてごめんなさいね」

雪乃が小さな声で言った。太陽と司は首を振る。雪乃はほう、と吐息を吐いた。

「でも、最期に帰ってこられてよかった」

「最期だなんてやめてください」

咄嗟に太陽が反応すると、司も強く頷く。

「そうですよ。縁起でもない」

「きっとこれが最期だわ。あと何日持つかどうか」

太陽は俯き、拳を握りしめる。自分でさえどうにもならないこの状況がもどかしいのに。

雨の辛さを考えるといたたまれなかった。

「だからってわけじゃないけど、ひとつお願いがあるの」

雪乃が思いがけずしっかりとした声で、そう切り出した。


司をそこまで送ってくると雨に言い、太陽は彼と共に家を出た。夜道を歩きながら、しばらく無言でいたが、司の方から切り出した。

「雪乃さんのお願い、どうします?」

太陽も同じことを考えていた。正確には、雪乃の願いを叶えるための段取りを。

「明日、俺が」

「それがいいと思います。あ、それから、雨ちゃんの病気のこと、何か分かりましたか?」

「病名を訊いてみたんですけど、言いたくなさそうで……」

できるだけさり気なさを装って訊いたつもりだった。しかし雨は、苦しそうな顔をした。触れられたくないのかもしれない。彼女にこれ以上辛い思いをさせたくなくて、追い詰めたくなくて、太陽は深く追及するのをやめてしまった。

「そっか……。友人に医者がいるので訊いてみますよ」

司は本当に頼りになる男だ。彼がいたから、太陽は雨の本当の気持ちを知ることができたし、付き合うこともできたのだ。

今、ここにいてくれるのも本当にありがたい。

「ありがとうございます。何から何まで」

足を止め、深く頭を下げると、司は恐縮した様子で首をふる。

「いえ。でも、どうして言いたくないんだろう？」

司は困惑している。太陽もまったく同じ気持ちで、どうしたら、雨に打ち明けてもらえるだろうか、と再び考え込んだ。

その頃、雨はベッドの端に腰掛け、雪乃に寄り添っていた。

「今日ね、ばあちゃんの部屋を掃除していたら、これを見つけたの」

と、ボイスレコーダーを雪乃に見せる。雪乃は目を細めた。

「ああ、懐かしい。すっかり忘れてた」

「あの頃、毎日欠かさずメッセージを入れてくれてたね。わたし、ばあちゃんの声を聴くの楽しみだったな。嫌なことがあっても、聴いたらいつでも元気になれたよ。立ち直れた。ばあちゃんの声の力で」

雪乃は目を伏せ、柔らかな微笑を浮かべる。雨と同じ様に過去を思い出しているに違いなかった。

「だけど最後は、わたしが投げ出しちゃったね……」

微かな音に顔を上げ窓を見ると、雨が降り出していた。雨はガラスを濡らす雨滴を見て、幼かった日々のことを思い浮かべた。

4

大粒の雨滴が、小学校の窓ガラスを叩いている。雨は小学校六年生になっていた。雪乃と同居を始めた三年生の頃とは、何もかもが違っていた。

すでに雨は、屈託なく話ができる幼い少女ではなかった。学校は、雨にとって必要以上に緊張を強いられる場所で、毎日、何かしら嫌なことがあった。大人数の教室にいるのに、家で留守番をしている時よりずっと孤独だった。

その頃には、休み時間でもひとりでぽつんと座っていることが多くなった。

雨が降り出したことに苛立った男子生徒の一人が声をあげた。

「おい、雨降ってんだけど！　逢原のせいだぞ！」

「でもさぁ、雨ってほんと変な名前だな！」

別の男子が呼応し、数人の生徒たちがゲラゲラ笑い出す。その中には、昨年まで比較的仲良くしていたはずの女の子もいた。

「あいつのこと、これから『ザー子』って呼ぼうぜ！」

「ザーザー降りのザー子！　ぴったりじゃん！」

言い返せばよかったのかもしれない。やめてほしいと強く訴えたり、誰かに相談できていれば。でも雨はすでに、あらゆることに自信をなくしていた。どうしたら、その苦しい闇の中から抜け出すことができるのか、考えても、考えても、十二歳の雨にはまったく分からなかった。


クラスメイトに自分の感情をぶつけられないからといって、怒りや悲しみが自然に消失するわけではなかった。雨は帰宅後、ランドセルを床に叩きつけた。学校に関係するすべてのものが嫌で仕方がなかった。

ランドセルはテーブルの脚にぶつかり、ボイスレコーダーが床に落ちた。雨は咄嗟にボイスレコーダーを拾い上げ、再生ボタンを押した。

『おかえり、雨』

雪乃の優しい声に、ようやく気持ちが落ち着き、少しだけ笑顔になる。しかし、

『学校はどうだった？』

その言葉に、再び心と身体（からだ）が硬くなるのを感じた。

『今日は雨の日ね』

うん。雨が降った。そのせいで、わたし、みんなに嫌なことを言われた……。

『ばあちゃん、雨って大好き。しとしと降る雨もあれば、わーっと降る雨もある。見ててちっとも飽きないから』

何を言っているのだろう、ばあちゃんは。よりにもよって、どうして今日、そんなことを言い出すの。

『だからあなたも、ほんのちょっとでいい。雨を、自分の名前を、好きになってくれたら嬉しいな……』

雨は咄嗟にボイスレコーダーを強く握った。

『もしかしたら、あなたのお母さんは、窓の外に降る雨を見て、あなたの名前を――』

最後まで聞かなかった。聞きたくもなかった。雨は怒りにまかせて窓を開け、ボイスレコーダーを庭へと投げた。

こんな日に、あのボイスレコーダーから、名前のこととか、母のことを聞きたくなかった。ボイスレコーダーに吹き込まれる雪乃の声や言葉は、学校で緊張状態を強いられる雨にとって、帰宅後に唯一、ほっとできるものだったのに。

それでも、せっかくのボイスレコーダーを投げ捨ててしまい、祖母の優しさまで台無しにしてしまったのだという罪悪感はあった。悪いことのすべてを人のせいにはできないのだということも、理解し始めている年齢でもあった。

自分でもこの状況をどうしていいか分からず、雨は一人、暗くなっても電気も点(つ)けず、自室で膝を抱えていた。

雪乃が帰宅し、ノックの音がして、ドアから顔を覗(のぞ)かせた。

「雨。庭にボイスレコーダーが落ちてたけど、どうしたの？」

「もういい……交換日記なんてしない……」

「何かあった？」

雪乃の声は優しい。穏やかで、雨を想う気持ちが滲(にじ)んでいる。そのことが、余計に苦しかった。

「わたしは雨なんて大嫌い！　自分の名前も大嫌い！」

雨はさらに叫んだ。

「どうしてお母さんが、雨ってつけたかなんて、どうでもいい！　知りたくない！　どうせいい加減な気持ちでつけたに決まってるもん！」

雪乃は言葉もなく、ただ、悲しい顔をしてボイスレコーダーを見ていた。

祖母にそんな顔をさせてしまった自分が憎くて、雨はさらにきつく膝を抱え込んだ。

母とのいい思い出を拾い集めるようにして生きていた幼い時代は、すでに終わっていた。

十二歳の頃には、かつて、母が自分にやったことの意味を考えるようになっていた。過去のことを思い出して泣くようなことはなかったけれど、思い出すたび、心が萎縮していくのを感じていた。

それ以来、雨は自分で自分を狭いフレームの中に閉じ込め、人との関わりを避けて生きるようになっていた。

太陽と逢(あ)うまでは――。


今、二十六歳の雨は、あの時の祖母と同じ様に悲しい表情でボイスレコーダーを見つめる。

「――人って、死んだらどうなるんですか?」

つい先日、案内人の日下と千秋(ちあき)にそう訊ねた。案内人の日下なら、明確な答えをくれると思った。しかし、日下はこう答えた。

「我々は奇跡を見届けることが役目です。だから死後のことは詳しくは知りません」

雨はがっかりしたが、日下は続けて意外なことを教えてくれた。

「唯一知っているのは、人は死んだら、ほんのわずかな時間だけ雨を降らすことができる――それだけです」

「雨を……?」

千秋が頷(うなず)いた。

「強い雨じゃなくて、優しい雨を。雨に心を込めて、大切な人に想いを届けるの」

「しかしもっとも重要なのは、生きている間に心を分け合うことです。死にゆく者は言葉や想いを直接残し、見送る者は精一杯尽くしてあげる。お互い、後悔を残さぬように」

日下は彼らしく淡々と言い、雨に向き直った。

「逢原雨さん。あなたは死にゆくお婆様のために、最期に何をしてあげたいですか？」

「最期に……」

雨はそれから、ずっと考えている。雪乃のために、自分に何ができるのかを、ずっと。


翌日、太陽はいつもより早く家を出たようだった。雨は起きてすぐに雪乃の部屋に行ったが、そのときには太陽はもういなかった。

雨はすぐにおかゆを作り、雪乃に食べさせた。

「味薄くない？」

味覚がないから、味見ができない。雨は不安だったが、雪乃は笑ってくれた。

「ばあちゃんにはちょうどいいわ」

「ごめんね。もっと美味しく作れたら良かったのに……」

雪乃は首を振り、じっと雨を見つめる。

「雨……あなた、もう味覚も嗅覚もないのよね？」

「うん……」

「もうすぐ、目も、耳も、手触りも感じられなくなっちゃうの……？」

雨は答えに詰まった。五感を失うことを打ち明けたとき、雪乃はまだまだ長生きしてみせると、そして雨を支えるのだと言ってくれた。

もちろん、今の状況の雨を残しては死ねないと考えてのことだろう。

それでも雪乃は確実に弱っている。雨も、覚悟を迫られているのだ。そしてこんな状態の祖母に、これ以上心配をかけることはできない。

雨はできるだけ雪乃を安心させられるような言葉を探し、黙り込んだ。そのとき、インターホンの音が響いた。

取り敢えず答えを先送りできたことに安堵し、

「あ、太陽君かな」

と、逃げるように部屋を出る。急ぎ足で玄関に向かい、扉を開ける――と、その場に立つ人物に、さっと血の気が引いて、固まってしまった。

雨の母、霞美だった。

「久しぶり……雨」

泣きそうな顔で、霞美が言う。

母が入院する病院に会いに行ってから、まだそんなに日にちは経っていない。あの時、二十年以上ぶりの再会を医師に止められ、雨は霞美に会わずに帰った。

電話で少しだけ話して……それすらも、勇気のいることだったのに、こうして不意打ちで会いにくるなんて。

どう反応していいか咄嗟に判断できず、無言のまま立ち尽くしていると、霞美の背後から太陽が現れた。

「太陽君、どうして……？」

「わたしが頼んだの」

はっとして振り返る。弱々しい足取りで雪乃が廊下を歩いてきた。

「霞美の主治医の先生に相談したら、外泊してもいいって。もうすぐ退院できそうなのよね？」

「……うん」

バツが悪そうに頷く霞美に、雪乃は優しく微笑みかける。

「よかった……。じゃあ、ひと息入れたら出かけましょ」

雨は混乱していた。

「出かけるって、何しに？」

「家族旅行」

その言葉は、今まで縁がなかったもので、一回聞いただけでは意味が分からなかった。

「最初で最後の、家族旅行よ」

雨と霞美を交互に見て、雪乃はやけにきっぱりとした声で、そう言った。

5

雪乃の発案で奇妙な家族旅行は実行に移された。母霞美と雨、雪乃だけではなく、太陽もついてきてくれたのが唯一の救いだ。

雪乃の願いは叶えてやりたい。

でも今更家族旅行だなんて、どういう顔をしていればいいのか、雨にはまったく分からない。

車椅子に雪乃を乗せ、タクシーで向かった先はフェリーターミナルだった。タクシーの中でも、高速船の中でも、雨は霞美と口をきかなかった。目が合っても、つい、自分からそらしてしまう。

二十年だ。長く会わなかった母親と、どんな顔で向き合えばいいのか分からなかったし、会話ができる気もしなかった。

霞美も同じではないのか。雨の様子を窺いながら、話しかける機会を待っているのかもしれない。でもそんなタイミングが訪れそうになるたびに、雨は避けて逃げている。高速船を降りたあとも、霞美から離れてひとりでベンチに座った。すぐに、太陽が隣に来た。

「雨ちゃん、大丈夫?」

大丈夫ではない、とも答えられず、黙っていると、彼は言った。

「何も言わずにお母さんを連れてきて、ごめん。昨日、雪乃さんに頼まれたんだ」

「ばあちゃんに？」

太陽の話によると、昨夜、司が来てくれた時に、雪乃が二人に言ったらしい。

霞美を病院に迎えに行ってほしいと。外泊の手続きはもうすませてあるし、雪乃の病気のことも伝えてあると。

その目的は——雨と霞美を、どうしても仲直りさせたいから。

自分が最期にできることは、二人を、もう一度親子に戻してあげることだから。

雨はこれを聞いて、顔を歪めた。

「無理だよ、そんなの……」

太陽も同じ様に苦悶の表情を浮かべている。

「お母さんとまた親子に戻るなんて無理。だって、あんなことされて……」

今まで何度思い出しただろう。

殴られ、お腹を蹴られた。鬼の形相で、霞美は叫んだ。

『夢も男も全部ダメになった！　あんたのせいで人生台無しよ！』

幼かった雨は、身体を丸め、泣くことしかできなかった。母の暴力と激情がどこかに行くのを、ただ泣きながらやり過ごした。しかし、雨の泣き声は、母をさらに追い詰めた。

果物ナイフを手に雨に迫ってくるとき、母は、どんな気持ちだったのだろう。

ごめんなさい、許してと訴えても、母を止めることはできなかった。

『あんたなんていらない。必要ない』

言葉は呪いとなって、大人になっても雨を苦しめ続けてきた。ナイフで殺されそうになったことと同じくらい、必要ないと言われたことが苦しかった。今も雨は、胸のあたりに手をぐっと当てて呼吸を整える。

「自信ないよ……」

太陽は黙って雨の様子を見ていたが、

「それでも俺は、お母さんと向き合ってほしい」

と言った。雨は驚き、太陽を見る。

「どうして?」

「だって、雨ちゃんのお母さんはまだ生きているから」

雨は咄嗟に返す言葉がなかった。

確かに、それはそうだ。一方で、太陽の母はもうこの世にいない。

「俺の母さんは、俺が幼い頃に死んじゃったからさ。伝えたいことがあっても、もう何も伝えられない。謝りたくても謝れない。でも、雨ちゃんは違う。ありがとうも、ごめんねも、まだ伝え合えるよ」

太陽の気持ちも、言いたいことも分かる。それでも雨は素直に頷けず、ただ黙って、目の前に広がる海を見ていた。


フェリーターミナルの一階ロビーで、雪乃は霞美と共に、雨が戻るのを待っていた。今どんな気持ちなのか、不安はあるが、太陽がついていてくれている。

きっとこの場面を乗り越えてくれる。そう信じていた。一方で、娘の霞美は、雨以上に不安そうな顔をしている。

「無理だよ、やっぱり……」

やれやれと、雪乃は内心で嘆息する。霞美と雨、二人を残していくことが、心残りで仕方がなかった。やり方が強引であることは承知していたが、今しかない。死がそこまで迫っているからこそ、わずかに残った力を振り絞って、ここに来ることができたのだ。

諦めるつもりは毛頭なかった。

「あんなことしておいて、今さら母親に戻るなんて……」

と、霞美は呼吸を乱し、頭まで抱えてしまう。車椅子の雪乃の方が、よほど落ち着いている。

「だから無理……わたしなんかじゃ、絶対無理！」

「落ち着きなさい、霞美」

雪乃は低くしっかりとした声で叱咤した。

「許すかどうかは、雨が決めることよ」

霞美は問うように雪乃を見る。雪乃は強く頷いた。

「それより大事なのは、霞美がどうしたいかだわ。そうでしょう？　あなたの気持ちは？」

「わたしは……」

霞美は喉の奥から声を振り絞るように、呟いた。

「戻りたい……戻れることなら……あの子の母親に」

雪乃は目を瞑る。霞美がさらに、言葉を続ける。

「もう一度、お母さんって呼んでもらいたい」

ああ、神様——雪乃は、祈らずにはいられない。どうかわたしに力をください。愚かなこの娘と、健気で可愛い雨が、どうか、母娘の絆を取り戻せるよう、導く力を。

自分は魔法が使えるのだと、幼い頃の雨に言った。今こそ、魔法が使えますように。

「だったら頑張ろう」

雪乃は霞美の手にその手を重ねた。

「お母さん……」

「前にも言ったはずよ。あなたは独りじゃない。お母さんがついてるって。だからしっかりと向き合いなさい。雨と、自分自身と」

強い眼差しで娘を見る。不安そうな表情が、少しだけ和らいだ。


雨は、雪乃と霞美が待つ場所まで戻った。太陽がレンタカーを手配していたらしく、すぐに車に乗り込む。雪乃の車椅子をトランクにしまった太陽は、運転席に座った。雨は助手席、母と祖母は後部座席にそれぞれ座っている。

雨は驚いて訊ねた。

「太陽君、運転できるの……？」

太陽の横顔は明らかに緊張している。

「ペーパードライバーだけどね」

すると背後から霞美が言った。

「なら、わたしが運転しようか？」

雨は身体が強ばるのを感じた。霞美は明るい声で続ける。

「免許持ってるし、今は薬も効いてるから。眠くならないやつ。だから、いざとなれば……！」

雨はなんと答えたらいいのか分からず黙り込み、霞美も娘の反応がないためか萎れた様子で、車内に気まずい空気が流れた。

「……ごめんなさい。余計なこと言って……」

「じゃあ、俺の運転が危なかったら代わってください！」

太陽は気を遣う発言をしたが、雪乃がやんわりと言った。

「大丈夫よ。これから行く場所は車も少ないから」

「そういえば、どこに行くつもりなんですか？」

雪乃はその質問に、穏やかな声で答えた。

「想い出の場所」


狭い車内には、それからもずっと気まずい空気が漂っていた。自分のせいであることは、雨にも分かっている。雨が母を許せず、そんな自分のことも、自分で一番もどかしく思っているから。

雪乃の最期の願いなのだ。家族旅行だと、雪乃は言った。このままの雰囲気(ふんいき)でいいはずがない。

雨はルームミラー越しに母の姿を見た。とても気まずそうにしている。居心地が悪いのは彼女も同じ。

震える拳を、雨はぎゅっと握りしめた。

「ねぇ、太陽君。ちょっと海に寄ってほしいの」

運転に集中していた太陽は、うん？　とこちらに少しだけ顔を向けた。

「海？　いいけど、どうして？」

「ゲームがしたくて」


太陽は雨の願い通り、一番近くの海水浴場に車を停めてくれた。もっとも季節外れだから、人の姿はない。青く透き通る美しい海が広がっている。車を降り、四人で砂浜までやって来た。雪乃のことは、太陽が支えてくれている。

雨は落ちていた木の枝を拾うと、霞美に向かって言った。

「こっち来て」

そのまま、波打ち際まで歩いていく。霞美は怪訝そうな顔で、黙ってついてきてくれた。

「ここに立ってて」

霞美にそう指示を出し、自分は海と平行にしばらく歩く。霞美から五メートルほどの位置に木の枝を刺し、そこからまた五メートルほど歩く。

太陽と雪乃は、離れた場所から二人を見ている。

雨は深呼吸をひとつして振り返り、母と向き直った。

「今からじゃんけんして、勝ったほうが一歩進むの。それで相手に質問をする。それを繰り返して、先に木の枝に辿り着いた方が勝ち。高校生のとき、彼が教えてくれたゲームなの」

ちらりと太陽を見ると、彼は真剣な顔でじっと雨を見守ってくれているようだ。隣にいる雪乃も同じ表情を浮かべている。

「今から色々質問する。だからそっちも遠慮(えんりょ)せずになんでも訊いて。いい？」

霞美は大きく頷いた。

「わ、分かった……」

「じゃあいくよ。じゃんけんぽん！」

勝ったのは雨だ。雨は一歩、前に進んで、最初の質問を口にした。

「わたしのお父さんってどんな人？　連絡取ってるの？」

いきなり重すぎる質問だっただろうか。でも、構うものか。何ひとつ遠慮なんてしない。幼い頃から今まで、疑問に思っていたことをすべて聞き出すのだ。

霞美は一瞬うろたえた様子を見せたが、すぐに答えた。

「女優を目指してたときの役者仲間で……でも、あなたができて、もうそれっきり」

「そうか。じゃあ、次。じゃんけんぽん！」

勝ったのは霞美だ。一歩進んで、遠慮がちに訊いた。

「雨の……好きな色は？」

「白かな」

「……わ、わたしも。わたしも白なの……」

嬉しそうな母に、雨は心が少し震えた気がしたが、あえてそっけなく、「そう」とだけ言った。

「次ね。じゃんけんぽん！」

それから続けて、霞美が勝った。雨が好きな色、好きな食べ物、好きな映画……そんな他愛(たわい)ないことを遠慮気味に訊ねてくる。本当はもっと知りたいことがあるのだろう。しかし母は、その勇気を出せずにいるようだ。

また、霞美が勝って、前に進んだ。あと一歩でゴールだ。すると、

「夢の話、聞かせてほしいな……」

声を震わせ、そう言った。

「パティシエになる夢、今も頑張ってる？」

雨は、喉がぐっと狭くなった気がして、低い声で答える。

「諦めた」

「え？」

「わたし、病気だから」

霞美はさっと青ざめる。母の真剣な眼差しに、胸が締め付けられる。泣き叫びたいのを我慢して、雨は淡々と真実を告げた。

「もうすぐ五感を失うの。味覚も嗅覚も、もうないの」

「五感を……」

「だからパティシエにはなれない。諦めたの」

霞美はよほどショックだったのか、呆然とした顔をしている。

「ごめんなさい……何も知らなかった……」

お母さんが知らないことは他にもたくさんある。雨はそう言いたいのを我慢した。

「謝らないでよ。ほら、次。じゃんけん」

「でも……」

霞美の目からは涙が溢れている。

「母親らしいこと、何もできてない……だから」

「泣かないでよ!」

泣くなんて、ずるいではないか。五感を失う奇跡、それ以前に、霞美は知らなければならないことがたくさんある。寂しさで眠れぬ夜を過ごしたこと、母が恋しくて泣いたこと。名前のせいで学校で虐められたこと。虐めをものともせず跳ね返す強さが、どうしても、どうしても出せなかったこと。すべては、

『おまえなんか必要ない』

あの呪いのせいで。

「泣きたいのはわたしなんだから！　分かった気になって泣かないで！」

霞美は声もなく涙を流し、ただ、雨のことをじっと見つめた。雨はひとつ深呼吸をする。

「ほら、次だよ。じゃんけんぽん！」

最後に勝ったのも霞美だった。彼女はゴールに辿り着いた。しかし、なかなか質問を口にしようとはしない。涙で濡れた瞳には迷いの色が見てとれる。

「……最後になにか質問して」

「雨は……」

霞美はスカートを握りしめ、意を決した様子で口を開いた。

「お母さんのこと、恨んでるよね……」

雨が黙っていると。

「今もまだ、憎んでるよね……」

雨は奥歯を噛み締めた。

「当たり前じゃん」

気付けば、言葉があふれていた。

「そんなの当たり前じゃん！」

高く叫んだ声は震えて、いろいろな感情が一気に喉の奥から飛び出した気がした。雨は自分を止めることはできなかった。

「恨んでるよ！　あんな酷いことされたんだもん！　怒鳴って、殴って、必要ないって言うくらいなら、どうしてわたしのこと産んだりしたのよ⁉」

　霞美は大きく身動ぎし、さらに目の縁から大粒の涙をこぼした。

「ごめんなさい……」

「だから泣くなって言ってるでしょ！　わたしの方が辛いのに……ずっとずっと辛かったのに……泣いて許されようとしないでよ！」

「ごめんなさい……」

「あんたなんて大嫌い！」

　とうとう雨は叫んだ。

「自分勝手で、いい加減で、無責任で、ほんと大嫌い！」

「ごめんなさい……」

「最低だよ！」

　叫ぶたび、霞美は身を縮めるようにする。砂の上で、細い身体が不安定に揺れている。

「最低な母親だよ！」

　雨もまた泣いていた。両脚で強く踏ん張っていないと、砂の上に崩れ落ちそうだ。

　ふと、耳に、潮騒が響いた。心の奥で泣き続けていた幼い頃の自分の声が、静かな波音に侵食されてゆく。叫んで、相手を詰って、罵倒して……激情を吐き出したあとに残ったのは、その潮騒と、奥底に大事にしまっておいた、別の気持ちだった。

「でも……」

波の音に消されそうなほどの小さな声で呟いた。霞美が涙で濡れた顔をあげ、こちらを見る。

「最低だけど……心からは嫌いになれなかった」

雨は喘ぐようにそう言った。潮騒が浮かび上がらせた、心の最奥に眠っていた気持ちを、静かに吐露する。

「何度も何度も嫌おうとした……憎もうとした……だけど、どうしても思い出しちゃうの……子供の頃、お菓子を褒めてくれたこと」

雨が作ったカップホットケーキを本当に美味しそうに頬張って、雨にはお菓子作りの才能があると褒めてくれた。才能という言葉を、あの時初めて知ったのだ。

「楽しかったときのこと……」

雨の才能は、神様がくれた贈り物だと言ってくれた。才能がある人は、その力でたくさんの人を幸せにしなければならない、とも。

でも、だからこそ――。

「だから、余計に辛かった……嫌いになりきれなくて、ずっとずっと苦しかった」

「雨」

名前を呼ばれ、雨は束の間（つかのま）瞠目（どうもく）する。そうだ。もっとも訊きたかった質問を、雨はまだしていない。

「じゃんけん勝ってないけど、いっこだけ訊いていい？」

潮風に髪を乱し、涙で化粧（けしょう）がすっかり崩れ落ちている霞美は、強く頷（うなず）いた。

「どうしてわたしに雨ってつけたの……？」

霞美は目を大きく見張る。雨はなおも訊いた。

「こんな最低な名前……どうして？」

霞美は雨を真っ直ぐに見ている。やがて、よどみのない口調で答えた。

「あなたを産んだとき不安だったの。誰にも頼れなくて、独りで育てられるかずっと不安だった。生まれてすぐのあなたを抱っこしても、泣かれて、嫌がられて、自信もなくなって。でもね、そんなとき、雨が降ったの」

「雨が……」

「そしたらあなた、泣き止んでくれたの。嬉しそうに笑ってくれた気がしたの。その顔を見て思ったんだ。もしかしたら、雨がこの子をあやしてくれたのかもって。だから雨って名前をつけたの」

涙で濡れた顔のまま、霞美は微笑（ほほえ）んだ。穏やかで美しい、母親そのものの笑顔だった。

「雨が、あなたを笑顔にしてくれますようにって願って」

　でも、と、ふとまた悲しい顔をする。

「そのことが、あなたを苦しめちゃったね……ごめんね。こんな名前しかつけてあげられない母親で」

　雨は何も答えることができない。

「あなたを傷つけることしかできない、ダメなお母さんで……本当にごめんね」

　雨は空を見上げ、目を閉じる。潮騒の音に混ざって、笑い声が聞こえた気がした。生まれたばかりで、泣いてばかりだったのに、空から降る雨に泣き止み、笑い声を上げることはなかったかもしれないけれど、代わりに霞美が笑っていた。娘が泣き止んだことが嬉しくて、雨が降ってきたのが嬉しくて。

　想像の中に見たその世界は、とても綺麗だった。降り落ちる雨も、霞美も……そして赤ん坊だった自分も。

　目を閉じても、もう泣き声は聞こえない。ただ、静かで美しい潮騒が響いている……。

6

　娘と孫が波打ち際の手前でじゃんけんをする様子を、雪乃は離れた場所から見ていた。太陽がしっかりと自分を支えてくれている。

「雨は、生きてゆけるかしら……」

　思わずそう呟いていた。

「これからあの子は辛い思いをたくさんする。目が見えなくなって、耳が聞こえなくなって、誰とも話せず、たった一人で暗闇に閉じ込められる。それでも、強く生きてくれるかしら……」

　心残りは、ただ、雨のことだ。霞美も心配だが、雨の方がよほど深刻だ。なんとか一日でも長く生きたかった。そうしようと執念を燃やした。しかし、身体は正直だ。自分の身体のことだから、分かる。もう時間はほとんど残っていないのだと。

　雪乃は浜辺の二人から、かたわらの太陽に視線を移す。優しくて頼もしい、名前の通りの青年に。

「あなたにはたくさん迷惑かけちゃうわね……。だから、あの子とずっと一緒にいてなんて言えない。あなたは、あなたの人生を生きてね……」

　太陽は何も答えず、少し苦しそうに眉(まゆ)を寄せる。

　浜辺では、雨が霞美を詰り、叫んでいる。ああ、良かったと、雪乃は思う。霞美は辛そうに身を縮めて泣いているようだが、雨にとって、あれは必要なことなのだ。幼い頃からずっと我慢し、呑(の)み込んできた言葉を、ああして吐き出すことが。

　二人を同じ様に見ていた太陽が、ふと、呟くように言った。

「雨ちゃんは、強くなろうとしています。だから大丈夫です。きっと強く生きてゆけます。だって――」

そこで言葉を切り、雪乃を見つめると、温かな笑みを浮かべる。

「雪乃さんの孫だから」

その笑顔が眩しくて、雪乃は黙ったまま瞳を細める。

「それでも挫けそうになったら、僕が彼女を支えます。一緒にいます。ずっと一緒に」

迷いのかけらもない真っ直ぐな眼差し。申し訳なさとありがたさが混在し、雪乃の唇は震える。太陽はなおも言う。

「それで雨ちゃんの幸せを願います。雪乃さんの分まで」

心残りは、雨のこと。でも雨は、こんなに素晴らしい青年と出逢えたのだ。未来のことは誰にも分からない。でも、これほどの相手に出逢えたことは、雨にとって、幸せなことだ。

「襷、俺がちゃんと受け取りますから」

いつか病院近くの公園で。雨に対する気持ちを襷として受けとってほしいと雪乃が言った時、太陽は黙り込んだ。心がなかったわけではない。状況は、今の方がよほど深刻だ。彼はちゃんと考えてくれた。そして決断し、今、答えをくれた。

申し訳なさとありがたさ。震える雪乃の肩をしっかりと抱き寄せてくれる青年に、雪乃は心から言った。

「ありがとう、太陽君」


砂浜で思いのすべてを叫んだ雨は、その後、車に乗ってからはぼんやりしていた。霞美も、雪乃も静かに山道を眺めている。太陽もまた、黙ってハンドルを握っていた。

山道を行くと、灯台が見えてきた。車を降り、歩いていると、長い階段が現れる。

「階段か……俺、おんぶします」

太陽がすぐにかがんでくれた。

「待って、太陽君」

雨はそんな彼を止める。雪乃に視線を送り、力強く言った。

「わたしが支える。だから、歩こ」

そして霞美を見た。

「お母さん」

霞美は目を大きく見開いた。

「手伝って」

「……いいの？」

「うん。手、貸してほしい」

「分かった……！」

　雪乃は笑った。本当に嬉しそうに。

「じゃあ、みんなで歩こう。家族で一緒に」

　長い階段を、霞美とふたりで両側から雪乃を支え、時間をかけて登った。その先に待ち受けていた道もなかなか険しい。階段と同じように霞美と協力し、ゆっくりと前に進む。

　雪乃は必死に歩いてくれている。もう脚に力が入っていないようだ。雨は何度か、ここでおんぶしてもらおうか、と言いそうになった。その度(たび)に雪乃は顔をあげ、懸命に一歩を繰り出す。途中、雨が足を滑らせたときは、霞美が踏ん張って、雨と雪乃の双方を支えてくれた。

「雨、大丈夫？」

「うん」

「あとちょっとだから頑張ろ」

「うん……！」

　そんな三人の様子を、太陽は後ろでそっと見守ってくれていた。

　そうしてようやく目的地についた。そこは灯台を望む高台で、山々のほか、海まで遠く見渡すことができた。

「ここね、わたしがプロポーズしてもらった場所なの」

雪乃の言葉に、雨は大いに驚いた。

「おじいちゃんに？」

「どんなプロポーズだったの？」

霞美も驚いている。

「簡単な言葉よ。ただ『結婚しよう』って」

「お父さんらしい」

「でもね、こうも言ってくれたわ」

雪乃は昔を懐かしむように瞳を細めた。

「俺と結婚したら、きっと良い人生になるぞ……って。昔の九州男児の上から目線の言葉よね。そのくせあの人、すぐに死んじゃうんだもの。でも――」

雪乃は笑う。穏やかで、すべてに満足した人のように。

「良い人生だった……」

ここ数日の中で、一番しっかりとした声で、祖母は言った。

「本当に本当に、良い人生だった」

その目は霞美に向けられ、

「霞美が生まれて――」

次に、雨にも向けられる。

「雨と出逢えて――」

雨の瞳から涙が溢れる。霞美もまた泣いている。ただ、雪乃は笑っているのだ。

「こんなに素晴らしい人生、他にはないわ」

そうして、あの大好きな、魔法が使えると言った優しい手で、雨と霞美の手を握った。

「全部あなたたちのおかげ。ありがとう、二人とも」


帰りの高速船に乗ったときは、夜になっていた。

雨と太陽は疲れ切ったのか、互いに寄りかかるようにして眠っている。

隣に座っていた雪乃は、身体が悲鳴をあげているのが分かったが、不思議と心は穏やかだった。それでももうひとつだけ、やり残したことがあった。

「霞美に伝えたいことがあるの……」

弱々しい声で、娘に向き直る。

「今から言うことは、お母さんからの遺言」

霞美は狼狽えた様子だ。

「やめてよ、そんな」

「いいから。少し厳しいことを言うけど、ちゃんと聞いて」

　すると霞美は少ししっかりとした顔つきになる。

「うん……」

「霞美——」

　雪乃は娘の顔をじっと見つめて言った。

「自分のことを、愛しなさい」

　霞美は軽く目を見張る。

「それが人生で一番難しいこと。でも、あなたはこの世界でたった一人なの。代わりなんていないの。だから、ちゃんと愛してあげなさい」

「お母さん……」

　娘が苦しんでいたことを、雪乃は分かっていた。高校を出たばかりで、夢を追いかけて東京に行き、挫折(ざせつ)し、想像を絶するような苦しみをたくさん味わったことだろう。その閉塞(へいそく)感が、絶望が、幼い雨に向けられてしまったことで……雪乃もまた、自分を責めていた。娘の苦しみに長いあいだ気づかず、支援できなかった。もっと自分が積極的に動いていたら。東京に行くと聞かされたとき、もっと強く止めていたら。いろんな機関を頼ってでも、娘と孫を探し出していたら。後悔(こうかい)は山ほどあったし、幼い雨と同様に、娘のことも不憫(ふびん)でならなかった。

　でも、こうも考えた。霞美の不幸を、問題を断ち切るのに、絶対に必要なこと。本当は、彼女を育てた雪乃が、日々、教えることだったのに。

　自分を愛する――ただ、それだけを。

「今日までずっと頑張ってきたんだもの。嫌なことも、悲しいことも、たくさん乗り越えて生きてきたんだもの。少しは認めてあげなきゃ可哀想よ」

　後悔も、苦しみも。すべてを乗り越えるには、絶対に必要なこと。

「ほんのちょっとでいい。自分を愛して……それで――」

　雪乃は願いを込めるように、霞美の手を握った。

「今度こそ、雨のお母さんになってあげてね」

　霞美は何度も何度も頷きながら、涙をこぼした。その顔を見て、雪乃は深く息を吐く。

　さあ、これで――旅立てる。

　雨には太陽が、そして霞美がいてくれる。素晴らしい人生の締めくくりに相応しい、素晴らしい家族旅行だった。

　雪乃は泣き続ける霞美と、その向こうで眠る愛しい孫の横顔を、微笑んだまま見つめていた。

7

遺影の雪乃は、優しく微笑んでいる――。生前とまったく同じように。

小さな葬壇におさまったその遺影と骨壺を前に、雨はスマホで母と話をしていた。今日はささやかな葬儀と火葬の日だったが、母は取り乱してしまって、医師の判断のもと、出席を見送った。そのため雨が喪主を務めたのだ。

雨のほか、喪服姿の太陽と司もいる。

ふたりがいたから、今日、やるべきことをちゃんとやれた。雪乃が亡くなったのはまだ信じられないが、やるべきことがあるのは、却って気持ちを落ち着けるのに役立つ。

「今日、無事に火葬を済ませたから。うん、大丈夫。お母さん、泣かないで。また今度お見舞いに行くから」

電話を切ると、太陽は穏やかに言った。

「雪乃さん、きっと喜んでるね。雨ちゃんとお母さんがまた親子に戻れて」

「まだまだ会話はぎこちないけどね」

司も雨を励ますように言う

「それでも、これ以上のおばあちゃん孝行はないよ」

「そうかな……」

　雪乃は亡くなってしまった。改めてその事実を考えると、どうしても涙ぐんでしまう。雨は涙をさっと手で払って立ち上がる。

「お茶淹れるね。ゆっくりしてて」

「待って」

　と、司が呼び止めた。

「実は雪乃さんから、預かっているものがあるんだ」

「え……？」

「亡くなる前の日、フラダンス教室で作った千羽鶴と寄せ書きを届けに行ったんだ。そしたら、これを――」

　司は、風呂敷をテーブルの上に置いて開いた。雨は目を大きく見張る。あのボイスレコーダーではないか。

「それって」

「ばあちゃんの声を聴くのが毎日楽しみだった……嫌なことがあっても聴いたらいつでも元気になれた。ばあちゃんの声の力で立ち直れた。雨ちゃん、そう言ったんだよね」

　確かにそう言った。掃除のとき、雪乃の部屋で見つけたこのボイスレコーダーには、過去の想い出だけではなく、その時々に感じたさまざまな感情が、ぎゅっと詰まっているように思えた。

「雪乃さん、その言葉が嬉しかったって。だから残したんだ。自分が死んでしまっても、雨ちゃんが元気になれるように。立ち直れるように、交換日記を」

司はレコーダーを雨に差し出した。

「聴いてあげて。昔の交換日記も、ちゃんとこの中に残っているって」

夕暮れが部屋の中を茜（あかね）色に染めている。雨はその中で、一人、ボイスレコーダーと向き合った。恐る恐る手を伸ばし、再生ボタンを押す。

『おかえり、雨』

ついこの間まで、当たり前に聴いていた、祖母の声がした。雨は強い感情に揺さぶられながら、じっと、微動だにせず、その声に聴き入る。

『学校はどうだった？　今日はばあちゃん、美味（おい）しいよりよりを食べました』

ああ、あの日の交換日記だ。その後一人で食べたよりよりの甘い味まで、明確に思い出せる。もう、味覚はとっくになくなっているのに、記憶は鮮明だ。

涙を流さずにはいられなかった。雪乃の声と共に、かつての大切な想い出が色鮮やかに蘇（よみがえ）る——。

『おかえり、雨。今朝、雨が作ってくれた朝ご飯、とっても美味しかったわ。また作ってくれたら嬉しいな』

雪乃を喜ばせたくて、がんばって味噌汁を作って、お米を炊いて……魚を少し焦がしちゃったけれど、雪乃は大袈裟に美味しい美味しいと褒めてくれた。

『おかえり、雨。ばあちゃんは寝不足です。昨日、雨がずーっと話しかけてくるんだもん。でも楽しかったね』

何をそんなに話したのか。そこまでは覚えていない。でも、雪乃の布団にもぐりこんだこと、くすくす笑う自分と雪乃の声、そして雪乃の確かなぬくもりは、昨日のことのように思い出せる。

『おかえり、雨。新しいクラスはどうですか？　友達いっぱいできたかな？』

六年生は特に辛い日々だった。男子に名前をいじられ、バカにされ、俯いて耐えるしかなかった。

そして――。

『おかえり、雨。学校はどうだった？　今日は、雨の日ね……』

あの日だ――雨の瞳から涙がこぼれ落ちる。

『ばあちゃん、雨って大好き。しとしと降る雨もあれば、わーって降る雨もある。見ててちっとも飽きないから』

雪乃は、大切なことは、きちんとこうして言葉にしてくれていたのだ。そのことを、今になって理解して、雨はさらに涙をこぼす。

『だからあなたも、ほんのちょっとでいい。雨を、自分の名前を、好きになってくれたら嬉しいな……』

うん。そうだね、ばあちゃん。胸を張って生きていこう。この先どれほどの苦しみが待ち受けていようとも。雨の名前は変わらない。雪乃の想いも変わらず、地上にとどまり続けている。

それを今、どうしてだろう……確かに感じるのだ。

雨音が聞こえた。目を向けると、オレンジ色の晴れた空から、さあーっと優しい雨が降っている。

そういえば、千秋が言っていた。

『雨に心を込めて、大切な人に想いを届けるの』

そうなんだね。この雨は、ばあちゃんがわたしにくれたものなんだね。

「ばあちゃん……」

雨はボイスレコーダーを手に、縁側に座った。すると、雨、と今までよりずっと弱々しい雪乃の声が再生される。

『これが最後の交換日記です……』

8

『今日はどんな一日だった……？　変わりなく過ごせたかな？　雨が元気だと、うんと嬉しいよ』

最後の交換日記は、そんな言葉で始まった。最初で最後の家族旅行のあと、雪乃は容態がさらに悪化し、病院に戻ることになった。しかし雪乃はもう、家に帰りたいとは言わなかった。おそらくあの旅行のために、そうしたいと言ったのだろう。雨と、霞美のために。

『ばあちゃんは今日、ずーっと思ってました』

雨には見える気がした。病室のベッドで、雪乃はベッドに横になりながら、もう、力なんてほとんど出ないのに、それでも微笑みながら、この声を吹き込んでいる。

『あなたのおばあちゃんになれて、よかったなあって。幸せだったなあって』

優しいオレンジ色の夕立はまだ続いている。目と耳で、雨は、雪乃の最後のメッセージを受け取っている。

『それなのに、あなたが一番辛いときに一緒にいてあげられなくてごめんね』

雨は首を振る。

愛情深い雪乃のことだ。雨のことが、どれほど心残りだっただろうか。それでも旅立たなければならず、最期にこうしてメッセージを残してくれたのだ。

『ごめんね、雨……』

雪乃の声は、温かい。雨の頰に、涙が静かに伝い続ける。そのとき、

「雨……」

すぐ隣で声が聴こえた。雨が顔をあげると、そこに雪乃が座っている。あの頃の元気な姿で。雪乃は、優しく雨を抱きしめた。

分かっている。そう、雨が思えただけ。雪乃の声に触れたら、なんだが、ぎゅって抱きしめられているみたいだから。

「人生って、残酷ね……」

そんな声が聴こえた。

「いつも辛いことばっかり……」

雨は何も答えることができない。少しでも話すと、雪乃が消えてしまいそうで。

「でも、あなたならきっと立ち向かえるわ。大丈夫……雨は強い子だから」

祖母の腕の中、雨はただ、首を振る。

「あなたは強い子よ」

雪乃は繰り返した。

「わたしの自慢の孫だもの」

思えば雪乃は、ずっと雨にそう言い続けてくれた。

「だから、どんなに辛くても、苦しくても、一瞬一瞬を大切に生きてね。そうすれば、きっと出逢えるはずだから。幸せだなあって、心から思える瞬間に」

雪乃は優しく、強く、雨を抱きしめてくれる。

「雨なら出逢える。絶対出逢える。ばあちゃん願ってる」

声がどんどんと小さくなる。それでも最後の言葉は、はっきりと雨の耳に届いた。

「天国で、雨の幸せ、願ってるから」

雨がまばたきをすると、大粒の涙が溢れた。そしてその涙と共に、雪乃はいなくなっていた。

雨はボイスレコーダーの録音ボタンをそっと押した。

「ばあちゃん……交換日記の返事するね」

だってそういう約束だったのだから。雨は精一杯の笑みを浮かべる。

「わたしもだよ。わたしもばあちゃんの孫になれてよかった。幸せだった。だから忘れない。絶対、忘れないよ。ばあちゃんとの想い出も、料理の味も、匂いも、笑顔も、声も、手触りも……」

決して忘れない。忘れるはずがない。なぜなら。

「ずっとずっと、宝物だからね」

録音が終わって顔をあげる。願いがこもったオレンジ色の雨は、いつしかもう止んでいた。

それから三日後の二月十三日の朝——雨はいつものように、静かに、恐る恐る階段を降りてきた。手で髪を撫でつけて、そっと階段から居間の様子を——。

「おはよう」

驚いて顔を向けると、太陽がすぐそこに立っていた。

「お、おはよう」

太陽は笑う。朝早くだろうと、夜遅くだろうと、不機嫌とは縁がない人だ。いつも同じ、温かな笑顔をくれる。

「もしかして、俺が家にいるの、まだ慣れない？」

「ううん、もう慣れた」

「なら良かった」

黙り込んだ雨に、太陽は少し心配そうな顔をする。

「どうかした？」

「あのね、太陽君。いっこお願いがあるの」

これは、とても勇気がいる願い事だ。でも、そもそも太陽の方から言い出してくれたこと。

「今日からわたしのこと、雨って呼んで」

太陽は驚いたように目を見張る。

「自分の名前、好きになろうと思って」

雨は素直な気持ちを口にし、それから、雪乃の遺影を見た。

「それが、ばあちゃんにできる最期のことだから」

「……分かった」

太陽は真剣な顔で同意してくれる。良かった。一番緊張する場面を乗り切った雨は、少し肩の力を抜いた。

「試しにちょっと呼んでみてよ」

「え？　今？　えっと……あ、雨……？」

「ぎこちないなあ」

照れる太陽がおかしくて、幸せで、雨は自然と笑顔になっていた。

雪乃の葬儀が終わったが、まだ雨をひとりにはできない。ましてや、彼女自身の難病のことがある。

太陽は朝、逢原家を出て、仕事場へ向かった。まだしばらくはこの道を通うことになりそうだ。するとスマホが鳴り、司の名前が表示された。

　急いで電話に出ると、司が言う。

「前に話した雨ちゃんの病気の件です」

　太陽はスマホを握る手にぐっと力を入れた。

「何か分かりましたか⁉」

　気になって、自分でもいろいろと調べてみたのだが、今に至るまで何も分かってはいない。そうこうするうちに雪乃が亡くなり、改めて雨とその話をする機会もないままだった。

「友達の医師に訊いてみたんです。そうしたら……五感を失う病気なんてありませんでした」

「え？　でも——」

　すぐに思い出したのは、前に、太陽が味噌汁を作って、それを雨が食べた時のことだ。あれほどしょっぱい味だったのに、雨は平然とすべてを飲んでくれた。自分には味覚がないから平気だと微笑(ほほえ)んで。

「そんなはずないです。確かに味覚はないはずです！」

「じゃあ、どうして？」

　太陽も調べ、それらしい病名は分からなかったし、どこの病院の医師にかかっているのかも、具体的なことは知らされていなかった。しかし、それでも、雨が嘘をついていないことだけは分かる。彼女の言葉、さまざまな場面で見せる表情が、証明していた。それは本当のことなのだと。

　そんな病気はない、という司の知り合いの医師の言葉よりも、太陽自身の勘が告げている。雨は何か抜き差しならない困難な試練の最中にあるのだと。

　電話の向こうで、司も考え込んでいる様子だった。そして彼は、呟(つぶや)くように言った。

「病気ではない、別の何かで……？」

「別の……」

　そうだ。もし、五感を失う病気というものがないのなら。雨はさらに別の、大きな問題を抱えているのではないか。

　太陽は呆然(ぼうぜん)とその場に立ち尽くした。

第七話　明日を生きる理由

1

花を買うとき、雨はいつでも少し幸せな気分になる。嗅覚を失った今、その香りを感じることはできないが、今はまだ、美しさを愛でることはできるのだ。

生花店の店員から花束を受け取り、思わず香りを吸い込もうとして……やめた。

「ありがとうございます」

会釈して、店を出て歩き出す。香りを楽しめなくても、花の色の美しさも、花弁の柔らかさもまだ分かる。

──タイムリミットはあるけれど。

雨はふと、雑貨店の前で足を止めた。あるものを見つけ、店の奥にいた店主に声をかける。

「これ、いただいてもいいですか？」

それは雨粒柄の折りたたみの杖だった。

そう遠くないうちに、必要になるだろう。

花束を抱えて、夕暮れの中を歩いていた雨は、坂の上で足を止めた。振り返ると、長崎の海が夕陽に輝いている。

「大丈夫？」

隣に現れた千秋が、そっと訊いた。

「おばあさんが亡くなって間もないものね。それに……」

千秋と同じものを、雨も見つめる。腕時計には、『01:09:45:40』と表示されている。と、

「あと三十四時間」

日下も現れ、言った。

「触覚を失うまで、残り一日半です」

「何も感じなくなったら、どうなっちゃうんだろう」

考えても考えても、分からない。自分は、どうして生きてゆくんだろう。

もうすぐ、すべてを失うのに。

辛い明日を、どうして生きてゆくんだろう。

俯いてしまった雨の隣に、日下が静かに並び立つ。

「この先のことを思って不安になる気持ちは痛いほどよく分かります。しかし、あるはずです」

「え？」

「触覚があなたに教えてくれることが」

雨は自身の手をじっと見つめた。

「触覚が教えてくれること……」

その手は、夕陽に白く輝いている。


花を買った理由は、太陽の仕事場にお邪魔するからだ。春陽がさっそく飾ってくれたが、花以上に、雨は自分が浮いている気がしてならなかった。

人見知りは、まったく直っていない。

座敷のテーブルには宴会の準備がしてあり、緊張の面持ちで座る雨の隣には太陽がいる。ほかには、太陽の父の陽平、春陽、朝野煙火工業の面々、そして司も招待されていて、座っていた。

「なんでこんな可愛い子がピーカンと？」

紹介されたばかりの純という青年が、釈然としない様子で雨を見ている。雨は慌てた。

「か、可愛いだなんて、とんでもないです……」

少なくとも、二十七年間生きてきて、そんな風に褒めてもらったことはない。亡くなった雪乃をのぞいては。

竜一（りゅういち）という四十歳前後の男性が、さらに疑うような視線をよこしてくる。

「何かよからぬ事情で、仕方なく付き合ってんのか？」

「竜さん、失礼ですよ！　ねえ、ピーカンさん？」

職人の中でも一番若い雄星（ゆうせい）という青年が、太陽に話を振った。

「え？　ああ……」

太陽は上の空だ。雨は心配になり、彼をじっと見つめる。最近、ぼんやりしていることが増えたようだ。本人はうまく隠しているつもりかもしれないが、雨は気づいていた。今日はさらに、心ここにあらずといった感じだ。それも太陽らしくない。

陽平が居住まいを正して、大きな声をあげた。

「では今日は、太陽の恋人、雨ちゃんの初披露ということで、パーッとやろう！」

雨はありがたいやら、緊張するやらで、頭を下げるので精一杯だ。すると年長者の達夫（たつお）が、とんでもないことを言った。

「よし！　あんた、乾杯の音頭（おんど）を取れ！」

「わ、わたしですか……？」

これを聞き、職人たちが盛大に拍手をする。

「いいぞ！　やれやれ！」

突然のことに驚いたが、彼らはあえて雨に役割を与えて、緊張を解こうとしてくれているのだ。それが分かったので、雨は意を決して立ち上がった。

「あ、逢原雨と申します。きょ、今日はありがとうございます。みんなで楽しみましょー。か、かんぱーい」

まったく自信がない音頭だったが、彼らは嬉しそうにグラスを掲げてくれた。

「かんぱーい！」

次々にグラスが鳴り、杯を傾ける。そうか、と雨は納得した。太陽や春陽が底抜けに明るいのは、ここで育ったからだ。温かな人々の中で。雨も思わず笑顔になる。

司はこういった席に慣れているのか、ごく自然に周囲の人と談笑している。ただひとり、太陽だけが、やっぱり浮かない顔をしている。雨は不安になり、今すぐに、どうしたの、と訊きたい気持ちにかられた。でも、場の雰囲気を壊すようなことはできない。

今日は、雨のために設けられた席なのだから。

雨はそう判断し、正面に座る陽平に酌をするべく、腰を浮かせた。

「どうぞ、お父さん」

ビール瓶を向けると、陽平はとたんに照れたような顔になる。

「お、お父さん」

雨が注いだビールを、彼はぐいっと一気に飲んだ。

「いやあ、いつもよりホップが効いている気がしますね」

達夫がすかさず突っ込んだ。

「ホップだぁ？　味の違いなんて分からねぇくせに」

すると次々と若手たちが陽平をからかいだす。

「ていうか親方、なんかおめかししてません？」

「うわうわ！　借りてきた猫状態じゃないっすか！」

陽平はこほんと咳払いをした。

「うるさいよ、君たち。僕はいつもこんな感じだよ」

春陽がはあ、と大きなため息をつく。

「このジジ猫、朝からずっとこんな調子なの。雨ちゃんに気に入られようとしててホントキモい。部屋の隅っこでチュールでも舐めとけっての」

一方、司は隣に座る太陽にビールを注いで、恐縮した様子で言った。

「僕までお招きいただいて、すみません」

「いえ、そんな……」

司の表情からして、やはり、太陽がいつもと違うことに気づいたようだ。

春陽が、からりとした声で言う。

「今日の影の主役は市役所マンだからね」

司は目を見張った。

「僕のことですか?」

「イケメンなのに、おにいごときにボロ負けするなんて恥よ、恥。生き恥よ」

「え?」

「あ、サッカーやってるんでしょ? ならミサンガでも作ってあげようか。可愛い彼女ができるように」

司はふっと柔らかく笑った。

「ミサンガか……じゃあ、お言葉に甘えようかな。次の試合の必勝祈願に。お願いしていい? 春陽ちゃん」

その爽やかな笑顔に、春陽がほんのりと頰を染める。

「い、いいけど……」

すると若手の雄星が、明らかにショックを受けた顔になる。雨はなるほど、と瞬時に状況に気づき、雄星にビールを注いでやった。昔から、人の表情の変化には敏感だ。

「じゃあチームの分も作ってあげる。雨ちゃん、一緒に作ろ!」

「いいよ、作ろ」

無邪気な春陽や、一途そうな雄星、その場にいるみんなの存在がありがたくて、雨は笑った。一同が楽しそうにしている中、太陽が、すっと席を外す。雨はますます彼のことが気になったが、一緒に席を外すわけにはいかない。今度は達夫にビールを注いだ。

太陽は外に出て、大きく息を吐いた。冷たい夜風が心地よいが、不安な気持ちは晴れない。貯水槽近くのベンチに行き、一人、ビールを飲んでいると、司がやって来た。

「元気ないけど、大丈夫？　雨ちゃんのこと？」

「まぁ……」

ずっと気になっている。司は友達の医師に、雨のことを訊いてくれた。結果、五感を失う病気などない、と言われたのだ。

「病気じゃなかったら、なんなんだろうって」

「友達の話では、感染症とかの後遺症で感覚を失っていて、それで、五感を失う病気だと思いこんでいるのかもしれないって」

そういう話は、太陽も聞いたことがある。しかしそれは、雨の場合とまったく違うものではないか。

「じゃあ、目が見えなくなったり、触覚を失うことは？」

「それはないと思います」

太陽は安堵のあまり、はあっと大きな吐息を漏らした。

「よかったぁ……。正直焦ってたんです。本当にそんな病気だったら、そのうち目も見えなくなっちゃうって」

目が見えなくなったら。雨の世界は大きく閉ざされてしまう。太陽が花火師になった目的も果たせなくなる。太陽は、雨を笑顔にするために最高の花火を空に打ち上げると、そう約束した。

司もそのことは知っているようだ。

「大丈夫。だから見せてあげてください。太陽くんの花火」

この人は本当に大人でいい人だな。太陽は心からそう思った。

「はい。でも、そのためには乗り越えなきゃいけないことがあって……」

それは、なかなか高い壁なのだ。

外に出ていった太陽はなかなか戻ってこない。追いかけていった司も。雨は我慢できず、春陽に訊いてみることにした。

「太陽君、何かあった？」

春陽はきょとんとする。

「何かって？」

ただひとり、陽平だけが、訳知り顔で呟いた。

「桜まつりのことだな」

一同が注目する中、桜まつりのチラシを、陽平は雨に手渡す。『三月二十四日　午後七時より開催』と書いてある。

　純がもっともな質問をした。

「桜まつりがどうかしたんですか？」

「あいつ、自分の花火を打ち上げたいって言ってきてな……」

　陽平によれば、太陽は、日々、花火の赤い色をちゃんと出せるように試行錯誤しているのだという。

　太陽は、赤い色を識別できない。花火師にとってそれは致命的だ。過去、幾度かそのことで挫折してきたのを、雨も知っている。しかし太陽は諦めなかった。

　それで、最近では随分と良い色が出せるようになってきたのだという。陽平が認めると太陽は喜び、今年の桜まつりで披露したいと言った。

　しかし、それは難しいという。

「桜まつりで音頭を取るのは長崎花火協会だ。あそこの会長は古株で特に厳しい。俺は太陽に言ったんだ。お前の花火じゃ、実力不足だと」

　太陽は食い下がった。赤い色を綺麗に出すには、カリウムとストロンチウムの比率が問題になってくる。そこを完璧にしたから、赤い色はちゃんと出ているはずだと。

　数値的には確かに問題ない。だがそれだけでは、綺麗な色は作れないのだ。

「花火師にとって赤が見えないのは確かに厳しい。でも、逃げることはできない。とことん向き合って乗り越えるしかないんだ」

陽平はそこでビールをくっと飲み、明るい口調で続けた。

「まぁでも、焦ることはないさ。あいつは若い。時間だってまだまだある。今年はダメでも次があるさ」

雨は腕時計を見下ろす。今、自分にしか見えていない腕時計に表示されている時間を確認し、奥歯を噛(か)みしめる。

そして、膝を正して陽平に向き直った。

「太陽君にチャンスをあげてくれませんか?」

「チャンス?」

「どうしても見たいんです、彼の花火。だから——」

「今のあいつじゃ難しいよ」

「でも、太陽君あんなに頑張って……!」

雨は食い下がろうとして、思いとどまる。

「すみません……素人(しろうと)が口を挟んで」

雨はもどかしさをどうすることもできず、腕時計を握りしめた。


その夜は、雨が降った。帰り道、雨と太陽はあの赤い傘を差し、手をつないで歩いた。

太陽はぼんやりと傘を見上げている。

「どうかした？」

「いや……この傘って、赤いんだよね」

「うん……」

「俺には緑っぽく見えてるんだ。だから、みんなが見てる赤って、どんな色なんだろうって思って」

太陽の横顔には悔しさが滲んでいる。

「ちゃんと見られたらよかったのにな……」

雨は何も答えられなかった。赤い色どころか、どんな色も、もうすぐ雨には見えなくなる。だからこそ、最後に見たいと思った。太陽が作る花火が夜空に美しい花を咲かせるところを。でもそれ以上に強く願うのは、太陽自身のことだ。どうか……彼自身が、心から満足する最高の花火が作れますようにと。

2

春陽が、机に色とりどりの糸をセロハンテープで一本ずつ貼って、それを器用に編んでゆく。

雨は感心して、彼女の手元をのぞきこんだ。

「春陽ちゃん、ミサンガ作るの上手(じょうず)だね」

「でしょう」

一緒に司にあげるミサンガを作ろうと約束し、翌日には春陽は雨の家に道具を揃えてやってきた。

雨は、気持ちが落ち込みがちだったので、正直、春陽が来てくれて助かっている。腕時計の数字は残り十五時間。掃除(そうじ)も、何も、ひとりでいるとまったく手がつかない。

「そういえば、おにいは仕事？」

「うん。桜まつりが近いからって」

「まだ落ち込んでた？」

「ちょっとね」

「まったく、しっかりしてほしいものよね。朝野煙火工業の跡取りなんだし」

雨は春陽の横顔をじっと見つめる。前々から感じていたことを、思い切って訊いてみることにする。

「ねえ、春陽ちゃん」

「なぁに？」

「春陽ちゃんは、本当は花火師になりたいんじゃないの？」

　春陽はミサンガを編む手を止めた。

「学生時代はそう思ってたよ。でもおとうに、『お前じゃ務まらない』って一刀両断されて諦めた」

　太陽と春陽の父は、雨には優しかったが、仕事には厳しそうだ。特に花火師は危険と隣り合わせの状態で、最高に美しいものを生み出す仕事だ。煙火工業の親方である父親から無理だと言われたら、諦めてしまいたくなるのも分かる。

「結局その程度の気持ちだったんだよ。わたしにはお母さんとの約束もないから」

「約束……」

「おにいはお母さんと約束してるの。たくさんの人を花火で幸せにしてねって。でも、わたしにはなんにもない……」

　いつも明るい春陽が、気弱そうな、寂しそうな表情を見せた。

「お母さんって確か、春陽ちゃんが赤ちゃんの頃に？」

「うん……だから顔も知らないの。写真はおとうが焼いちゃったからね。あーあ、一度でいいから見てみたかったな」

　だいたいの経緯は、雨も聞いている。太陽と春陽の母は、昔、煙火工場の爆発事故に巻き込まれて亡くなった。事故は、五歳だった太陽が静電気の放電をせずに工場に入り込んだことで、起きたのだという。幼い息子が母親を亡くしパニックに陥ったため、子供たちを守り抜くために、陽平は妻の写真をすべて燃やし、過去を封印しようとした。

「あ、だけど、今は寂しくないよ！　雨ちゃんもいるしね！」

雨は驚いた。

「わたし？」

「うん。ぶっちゃけ、二人には結婚してほしいな。もし雨ちゃんがわたしのお姉ちゃんになったら、結構？　かなり？　相当？　いやいや、ハイパー嬉しいもん」

普通だったら。大好きな人の妹にこう言われて、嬉しくないはずがない。でも雨は、春陽の言葉が痛くて、痛くて、笑顔を保つことが難しかった。春陽はそんな雨に気づいたのか、慌てた様子で言う。

「結婚、急かしてるみたいだった？　ごめんごめん」

雨は首を振り、精一杯の笑顔を浮かべてみせる。

「わたしも春陽ちゃんが妹になってくれたらすごく嬉しい。だからありがとう。そんなふうに思ってくれて」

春陽は安心したように笑う。

「じゃあ、相思相愛だね。わたしたち」

「だね」

ふたりはそれから、他愛もない話をしながら、一緒にミサンガを編んだ。気が紛れただけでなく、穏やかな気持ちにもなれた時間だった。雨は春陽が好きだ。雨とは正反対の性格なのに、一緒にいても、全然苦じゃない。それどころか、雨まで前向きな気持ちになれる。だからこそ、帰り支度をしている彼女に言った。

「チャレンジしてみたらどうかな」

「え？」

「花火師、諦めずに」

人の人生に意見するようなこと、本来の雨だったら、止めておいただろう。しかし今、大切な存在になりつつある春陽の状況を知って、伝えなければならないと強く感じる。たとえ、余計なお世話だと鬱陶しがられたとしても。

「人生って、当たり前に続くって、ついつい思っちゃうけど。明日事故に遭うかもしれないし、考えもしなかったようなことも起こるから」

春陽は神妙な顔つきで聞いてくれている。

「そうなったとき、きっと思うよ。もっと頑張れば良かったって」

春陽は、ふっと頬を緩めた。

「そんなこと言ってくれたの、雨ちゃんが初めて」

すっと右手が差し出される。

「ありがとう、お姉ちゃん」

胸に迫るものがあって、雨は泣きそうになったが、こらえて、笑顔で春陽の手を取った。

ああ、温かいな。春陽の手は、彼女の兄と同じで、こんなにも温かい。

この温もりは、もうじき感じられなくなる。

「じゃあね」

と春陽は出ていった。

「お姉ちゃんか……」

雨はその言葉と、まだ手に残っている春陽の温もりの双方を、そっと心に刻みつけた。


夜になって、ひとりになると、どうしても腕時計の残り時間のことばかり考えてしまう。

時刻は九時。腕時計は『00:05:58:40』と表示している。

つまり、触覚を失うまで残り六時間を切ったのだ。

気を取り直して立ち上がろうとしたとき、テーブルの上のコップを倒してしまった。こぼれた水は床に落ちて広がる。慌てて布巾で拭くと、テーブルの下に赤い糸の束を見つけた。春陽の忘れ物だ。

雨はその糸の束を手に取り、じっと見つめた。そこへ、太陽が帰宅した。

「ただいま」

雨は糸をポケットにしまい、太陽を出迎える。

「おかえりなさい。ご飯、できてるよ」

「うん、ありがとう」

太陽は、棚の上に置きっぱなしだったチラシを見つけ、手に取る。

「……桜まつりのこと。父さんに頼んでくれたんだよね」

雨ははっとした。確かに先日、宴席で頼んだ。太陽にチャンスをあげてほしいと。

「今日、審査を受けてみるかって言われたよ。長崎花火協会の会長に頼んでみてくれるって」

雨は気持ちが湧き立つのを感じた。

「それで……⁉」

「断った」

膨らみかけた気持ちが、一気に萎んでしまう。

「断った……？　どうして」

「桜まつりまで、あと三十五日しかないから」

太陽は、やるせない眼差しをチラシに向ける。

「父さんに言われたんだ。チャレンジする機会くらい作ってやるのが親の、いや、師匠の務めかもしれないって。だけど判断するのは会長だから、見限られたら来年以降の出品のハードルは高くなるって……」

雨は黙って唇を噛む。太陽の葛藤は分かる。分かるが、でも……。

「今の俺じゃ無理だよ。赤い色も克服できてないし」

黙り込んだ雨に、彼は明るい声で言う。

「でも大丈夫、次の春には必ず合格してみせるよ」

「次の春……」

「どうかした?」

「あのね、太陽君」

すべてを言ってしまいたい。

あのね、わたしには、次の春なんてないの。生きているとは思うけれど、すべての感覚は失われている。生きているのに、死んでいるような状態なの。だから……ああ、だから……チャンスが欲しいのはわたしなのだ。太陽君の花火を見る、最後のチャンスを。

太陽自身のために最高の花火を作ってほしいと願いながら、雨は結局、自分がそれを見られないことに失望している。

そんな自分が、嫌でたまらなかった。

雨は唇を一度きゅっと引き結んでから、笑顔を作る。

「……ううん。頑張って」

太陽は怪訝そうな顔をしている。いけない。奇跡のことだけは、知られたくない。

「あ、手を洗ってきて。すぐに食べられるから」

雨は彼のために夕食を作っている。味覚がないために、味の保証はできない。でも、最後の、その瞬間まで、太陽のために何かをしたかった。だから、慎重に調味料をいちいちきっちりと計り、作っている。その日々さえ、もうすぐ終わってしまうのだ。

時計の針は深夜零時を指そうとしている。眠れない雨は、部屋でひとり、膝を抱えていた。

千秋が現れ、沈痛な面持ちで訊いてくる。

「奇跡のこと、彼に話さなくていいの？　触覚を失ったら、一人で生きるのが大変になるわ。だから――」

「さっき、思わず言いそうになりました。次の春までなんて待てないって」

奇跡のことは、太陽にだけは教えることができる。雨がはめている腕時計も、雨のほかに、彼も見ることができる。でも雨は、この腕時計のことさえ、彼に見つからないよう、服の袖で隠し続けていた。

「あと一ヶ月で視覚も聴覚もなくなるのって。数時間後には触覚もなくなっちゃうって。でも、そしたら太陽君は自分を責めちゃう。だけど本当は、全部話して、言ってほしかったんです……」

　窓の外を眺める。夜の闇に打ち上げられる美しい花火を想像した。

「目が見えなくなる前に、雨に花火を見せるよって」

「だったら、せめてタイムリミットだけでも」

　首を振る雨に、千秋がもどかしそうに訊く。

「どうして？」

「そんな病気は存在しないから」

　答えたのは、暗闇からするりと現れた日下だった。

「朝野太陽君は、彼女が病気だと思っている。ならばタイムリミットを知っているのはおかしい」

　その通りだ。雨は小さく頷いた。

「しかしいつか気づくはずです。五感を失う病気などないと。そして思い悩む。彼女の身にはいったい何が起きたのだろう。辛い秘密を抱えていたのではないかと。彼は答えの出ない問いを一生、死ぬまで考え続けるのです」

　雨も、千秋も黙り込んだ。日下がそっと続ける。

「あなたが選ぼうとしている道は、そういう道です」

　そのとき、ノックの音が聞こえた。

　雨は驚き、焦り、日下と千秋を見る……しかしすでに彼らは消えていた。

「雨？　入るよ」

間髪容れずにドアが開かれ、太陽が入ってきた。彼は不可解そうな顔をして、部屋を見渡している。

「……どうしたの？」

「いや、声が聞こえて……」

「春陽ちゃんと電話してたの」

雨は咄嗟に嘘をついた。

「今日、ミサンガ作って。材料の糸を忘れてったよって」

と、机の上の赤い糸を指差す。

「そっか……」

太陽は頷いたが、何かが腑に落ちていないようだ。

雨は腕時計を見た。

触覚を失うまで、三時間を切った。

このとき、さまざまな感情が交錯したが、雨が望むことは、ただひとつであるような気がしていた。

「太陽君、お願いがあるの」

「え？」

「ぎゅってしててほしいの……」

触覚がなくなるその瞬間。雨は、彼の温もりを自分の肌に刻みつけたい。今はただ、そのことだけを願う。

「朝までずっと……お願い」

太陽は驚いた様子だったが、雨が震えていることに気づいたのか、優しく抱きしめてくれた。

もう花火の匂いはしないし、彼に本当に美味しいものは作ってあげられない。でも今この瞬間だけは、まだ、彼を感じることができる。

一瞬を、永遠に変えることはできる。雨はただ、そう思っていた。

ふたりで一緒の布団に入った。太陽はただ、雨のことを抱きしめている。雨はまだ震えを止めることができずにいた。

「寒い？」

「ううん、あったかい」

「…………」

「すごくあったかい……」

「少しは眠れそう？　そろそろ一時だよ」

「もうそんな時間……」

「え？」

「あのね、太陽君。大袈裟なこと、言ってもいい？」

「大袈裟なこと？」

「わたしたち、付き合ってもうすぐ三週間だね」

「うん……」

「まだたったの三週間だけど──それでも、わたし」

雨は顔を上げ、太陽を見た。涙が零れてしまうが、それでも、心から微笑むことができる。

「太陽君のこと、愛してる」

太陽は大きく目を見張った。彼が違和感を感じる前にと、雨は続ける。

「この先、目が見えなくなっても、耳が聞こえなくなっても、あったかさを感じられなくなっても、思ってることを伝えられなくなっても──」

こぼれた涙の熱ささえ、今は愛おしい。

「ずっとずっと愛してるからね」

太陽は黙り込んでいる。

「それだけは変わらない」

雨は繰り返した。

嘘をつかなければならない状況であっても、本当のことは、正しく伝えておきたいから。

「ずっと変わらない……」

太陽は、雨を強く抱きしめた。

「俺も愛してる……」

少し掠れた、熱を帯びたその囁きは、雨の新しい宝物となるだろう。

「嬉しい……」

幸せで、自然と笑みが浮かんだ。

「すごく嬉しい。ありがとう、太陽君……」

雨は太陽を抱きしめ、太陽も雨を強く抱きしめた。温かくて、愛しくて、この上もなく幸せなその時間を——彼の温度を、感触を、雨はしっかりと心に刻み込んだ。

3

朝、布団から出る前から、変化には気づいていた。

自分の部屋から、階段までの距離を、これほど長く感じたのは初めてだ。

呼吸が乱れている。足取りも、どうしても乱れてしまう。何しろ廊下を踏んでも、踏んでいる感触が何もないのだ。

　まるで雲の上を歩いているかのようだ。

　それでも雨は一歩一歩、壁を支えにして慎重に進んだ。その、壁に添えた手にも当然のように感覚がない。

　混乱は徐々に大きくなる。今までどうやって歩いていたのか、そんなことさえ、もう思い出せない。

　それでもやっとの思いで階段まで辿(たど)り着いた。手すりをしっかり摑(つか)み、階段の踏面に足をかける――が。

　あっという間に、雨はそこから転げ落ちてしまった。

　その音で、太陽が慌てた様子で部屋を飛び出してきた。彼は階段の下で倒れている雨をすぐに見つけた。

「雨⁉」

　階段を駆け下り、滑り込むように雨に近づく。

「落ちたの⁉　大丈夫⁉」

　顔面蒼白だ。まるで彼の方が痛い目に遭(あ)ったかのように。

「全然平気。バランス崩しちゃって」

「でも血が出てる……」

「え？」

額から鮮血が垂れてきた。そこで初めて、怪我をしている事実を知る。

「痛くないの？」

どうしよう。どう答えよう。痛くなんてない。でも、痛いと嘘を言えば太陽が心配する。

思い悩むうちに、太陽が立ち上がる。

「救急車呼んでくる！」

「大丈夫だから」

「でも！」

「本当に大丈夫。ほら、ちゃんと立てるし」

雨は気丈に立ち上がったが、またもバランスを崩し、その場にへたり込んでしまった。

これは……正直、想像以上の事態だ。触覚をなくすとは、やはり、立つことも歩くことも、ままらないことだったのか。

「動いちゃダメだって！　待ってて！　スマホ……！」

太陽がスマホを取りにテーブルへ向かう。

「違うの」

雨は彼を呼び止めた。声が震えてしまうのは、どうしようもできない。自分の足を、強く叩いた。

「感じないの……」

　何度も何度も、叩く。それでも。

「何も感じないの」

　太陽は、今まで見たこともないほど、困惑しきった表情を浮かべた。


　いったい雨に、何が起こっているのか。太陽はまったく理解できなかった。五感を失う病というものは存在しないから、きっと大丈夫だと……前向きに考えようとする一方で、拭いきれない違和感を感じていたのも事実だ。

　病院の、処置室前の椅子に祈るような気持ちで座りながら、太陽は、雨のさまざまな表情を思い出していた。

　笑っていても、悲しそうな顔。それなのになお、太陽を気遣うような優しい眼差し。昨夜の、雨の涙……。

　混乱し、ただ待つしかできない自分を呪いながら、なお太陽は祈る。雨の症状が、どうか、深刻なものではありませんようにと。

　処置室のドアが開き、医師が出てきた。

「先生！　雨は⁉」

　飛びつくように訊ねると、医師は静かに答えた。

「頭部の傷は浅く、脳にも異状は見られませんでした。しかし、ひとつ気になることが」

それから医師は、驚愕の事実を太陽に告げた。

そんな――嘘だろ？

太陽は、そのまま処置室に入った。こちらに背を向けて座る雨の姿が目に留まる。

彼女に、ゆっくりと近づく。呼吸が浅い。緊張しているのが、自分でも分かった。

静かに、そっと手をのばすと、雨の肩に手を置いた。

しかし雨は気づかない。太陽の表情は凍りついた。

「雨――」

その声に、雨はびくりと肩を震わせた。そして、恐る恐る、といった様子で振り返った。

太陽は呆然としていた。その表情を見た雨は、強く顔をこわばらせる。

「ないんだね、触覚」

雨は否定も肯定もしなかった。しかし、答えは明確だったから、太陽も、何も言えず、
互いにしばらくの間黙り込んでいた。

「大袈裟だなあ。入院なんてしなくてよかったのに」

雨が明るい声で文句を言う。病衣を着て、背を起こしたベッドに座っている彼女の姿は、
どうしたって痛々しい。太陽はベッドの側の丸椅子に、力なく腰掛けた。

「先生が検査入院した方がいいって。触覚がなくなった原因が分からないから」

雨は黙っている。答えを探している様子だ。どうにかして、太陽を安心させる答えを。

しかし太陽はすでに、彼女の嘘を見抜いてしまっていた。

「雨。本当は、病気じゃないんでしょ？」

雨の大きな瞳が揺れた。太陽は丸椅子をさらにベッドに近づけると、雨と目線を合わせる。

「何があったの？　病気じゃないなら、どうして？」

「太陽君は気にしないで。大丈夫だから」

「大丈夫じゃないって！　急に触覚がなくなるなんて、そんなのどう考えてもおかしいよ！」

触覚だけじゃない。味覚も、嗅覚も、もう彼女にはないのだ。それなのに、夕飯を作ってくれた。優しく柔らかな笑顔を毎日見せてくれた。しかしすべてが悲しく、苦しい。どんな思いで、太陽と過ごしていたのかと思うと。不安じゃなかったはずがない。苦しくなかったはずがない。それなのに、この期におよんでなお、まだ自分に真実を隠すのか。

「教えてほしいんだ。どんなことでも受け止めるから」

雨は俯(うつむ)き、何かを考えている様子だった。太陽は息を止めるようにして、待った。彼女が決断するのを。

やがて顔をあげた彼女は、何かを決意したような眼差しで太陽を見た。

「こっちきて」

太陽はベッドに移動し、雨の隣に腰掛けた。雨は太陽の手に触れる。その途端、澄んだ瞳が涙で包まれた。

「変な感じ……さっきまで、あんなにあったかかったのに」

昨夜、雨は、あったかい、あったかいと繰り返していた。太陽も胸が締め付けられる。

「心地よかったのに……なくなっちゃったんだね。わたしの触覚」

「ねぇ、何が……」

「奇跡なの」

太陽は、一瞬、言葉を理解できなかった。

「わたし、奇跡を背負ったの……」

「奇跡?」

「今から言うことも、起こることも、何があっても驚かないでね」

雨は何を言おうとしているのだろう。雨の視線は、困惑する太陽をすり抜けた。

「千秋さん、日下さん」

初めて聞く名前を耳にしたとたん。二人の人物が、風のように現れた。

太陽は驚愕し、固まった。いったい何が起きているのか。

喪服(もふく)姿の二人には、確かに見覚えがある。

「あなたたち……あのときの」

そうだ。確かに会っている。太陽が事故で運び込まれたこの病院で。それから……ああ、そうだ。展望台で雨と会って、別れたけれど、様子がどうにも気になって戻った。そこへ、この二人が下りてきた。太陽は彼らに訊いた。もしかして、葬儀屋ですか、と。

男の方が、静かな声で名乗る。

「私は案内人の日下です。こちらが――」

「……千秋です」

「我々は、あなた方の奇跡を見届けるためにここにいます」

太陽は苛立(いらだ)った。

「だから奇跡ってなんなんですか？　説明してください」

雨が、ひそやかな声で説明する。

「……太陽君。前に、事故に遭(あ)ったよね？」

「それが……？」

「意識をなくしているとき、日下さんが現れて言ったの。このままじゃ太陽君は死んじゃう。でも助ける方法がひとつだけある」

嫌な予感が強くした。太陽は、瞬きもせず、じっと雨を凝視する。雨は落ち着いて見える。腹をくくったかのように。

「わたしが五感を差し出せば、あなたを救うことができるって」

全身の血が、一気に失われたような気がした。太陽は青ざめ、言葉を失う。一方で、雨の口調は場違いに明るい。

「だよね、急にそんなこと言われても信じられないよね。わたしも最初は夢かと思ったもん。でも……」

そこで、真剣な表情に戻った。

「わたし、その奇跡を受け入れた」

奇跡を背負ったと、雨は最初に言った。おかしな言い方をすると思った。

「だけど安心して。味覚と嗅覚がなくても案外なんとかなるものだから。触覚がなくなってもきっと平気。すぐに普通の生活に戻れるよ」

そうして、また笑う。懸命に。でも今では、太陽も分かる。彼女は無理やり笑っている。

太陽のために。

「心配いらないよ。全然平気だから」

太陽はしばらくの間、呆然とした――しかし、ふと、苦笑いがこぼれる。

「ありえないよ」

雨と、それから、急に現れた喪服姿の二人組を見た。

「奇跡なんてあるはずないって！　雨はこの人たちに騙されてるんだよ！」

千秋と名乗った女性の方が、静かに否定する。

「本当のことよ」

「うるさい！　お前ら、雨に何をしたんだ！　言えよ！　本当のことを言えって――」

混乱の中、太陽は千秋の腕を摑もうとした――が、すり抜けた。

ぞわっと背中に鳥肌が立つ。なんだ、今のは、いったい？

男の方が言った。

「我々に触れることはできません。この姿も、あなたと逢原雨さん以外には一切見えない」

「嘘だ、そんなの……奇跡なんて……」

太陽はとうとう頭を抱えた。

「朝野太陽君――」

日下が、太陽と目を合わせる。その途端、太陽の脳裏にとある映像が浮かんだ。

『この奇跡を受け入れるのなら、朝野太陽君を助けましょう。しかし断れば、今から十分後、彼は死にます』

雨は青ざめ、立ち尽くしている。手術室のドアが開き、ストレッチャーに乗せられた太陽が、看護師に付き添われて出てくる。遅れて出てきた医師に、雨は縋（すが）った。

『先生！　太陽君は⁉』

医師は難しい顔をして、首を振る。

『ご家族に連絡を』

雨はさらに青ざめる。背後に立つ日下が、抑揚（よくよう）のない声で言った。

『さあ、決断を。彼に心を、捧げますか？』

振り返った雨は、きっぱりとした顔で、大きく頷（うなず）いた。


どうしてだ。なぜ、すべてを詳細に見てきたような映像が頭に浮かんだのだろう。いや、それよりも、さらに理解できないのは。

「どうして……どうして言ってくれなかったんだ」

雨の行動そのものだった。千秋が辛（つら）そうな表情で口を開く。

「雨ちゃんはずっと悩んでいたわ。本当のことを話せば、あなたは自分を責めてしまう。だから何も言わずに、たった一人で闘っていたの。分かってあげて」

太陽は雨を見た。ただ、雨だけを。

「本当なの？」

雨は黙っている。

「本当に、奇跡を？」

　彼女は、小さく頷いた。

「じゃあ、雨が夢を諦めたのも……？」

　思い出す。再会した彼女が、あの展望台でマカロンをくれたとき。太陽が雨にひとつ食べさせると、彼女は泣いた。泣きながら、精一杯に笑ってみせた。

『思ったの。甘くて美味しいなあって……自画自賛して泣いちゃったよ』

　いくつものシーンが、難解だったパズルが、奇跡という言葉を得て、次々にはまってゆく。

「昨日の言葉も？」

　昨夜。付き合って三週間で、初めて、一緒に眠った。本当だったら嬉しいはずのことなのに、太陽は、彼女の様子に違和感を覚えていた。

『この先、目が見えなくなっても、耳が聞こえなくなっても、あったかさを感じられなくなっても、思ってることを伝えられなくなっても――ずっとずっと愛してるからね』

「全部、俺のために？」

　太陽は途方にくれた。かつてないほどに、途方にくれ、ただ、雨を見つめた。

　雨は顔を歪める。

「俺が奪ったんだ……」

懸命に、笑おうとしている。

「違うよ」

「雨の夢も……」

「違う……」

「幸せも……全部、俺が」

「違うから‼」

とうとう雨は叫んだ。しかし、必死の叫びは、さらに太陽を追い込んだ。

太陽は案内人に深く頭を下げる。

「お願いします。俺の五感を雨に渡してください……俺はどうなったって構いません……だからそれで……それで奇跡を終わらせてください！」

「できません」

日下は無情に答えた。

「どうして⁉」

「一度奇跡を受け入れたら、すべての五感を失うまでは終われない」

「じゃあ、俺は」

太陽は拳を握りしめた。

「雨が苦しむ姿をただ見てるしかできないのかよ！」

この憤りを、どこにぶつけていいのか、太陽には分からない。

「五感を奪われるのを！　何もできずに!!」

「その通りです。あなたに彼女を救うことはできません」

自分の死を宣告された方が、よほどマシだ。太陽は己の無力さと、事の不条理さに、どうすることもできず、その場に立ち尽くした。雨はただ、声もなく、静かに、とめどもない涙を流している。

4

その日の夕刻、太陽は、病院の屋上で夕陽を眺めた。赤い色が識別できなくても、これが最後に見る夕陽だと思えば、感慨深いものがあるような気もしたが、実際は、感じる心のすべては凍てついていた。

ただ、一刻も早く、この状況に終止符を打ちたかった。

迷うこともなく、欄干に手を添える。そして、瞬間的に飛び降りようとした。しかし、

「そんなことをしても五感は返せない」

声がして、すぐ隣に日下が立った。

「奇跡が続いている間に死ねば、逢原雨さんも死んでしまう。誰かに話しても同様です。

「その瞬間、あなたたちは命を失うことになる」

いっそ隣に立つ、この泰然とした死神のような男を殴りつけたかった。太陽はその衝動をこらえるために、欄干を強く握りしめる。

後方の扉が開いて、雨が屋上に出てきた。すると日下は姿を消した。

夕暮れの屋上に、二人きり……しかし、太陽は彼女を直視できない。雨の手には、杖がある。雨粒柄であることが、彼女の唯一の主張のような気がした。

自分はそれほど悪い状態ではない、と。

太陽は耐えきれなくなって、再び彼女に背を向けた。

杖を頼りに、雨は一歩一歩、太陽に近づいてくるようだ。彼女の足取りを感じながらも、太陽は頑なに夕陽に目をやる。雨は、躓きながら、よろめきながら、それでも必死に足を進めている。

そしてようやく背後まで来ると、太陽の背中に頭を預けた。

「わたしなら大丈夫」

穏やかな声で、彼女は言った。

「後悔なんてしてないよ」

「…………」

「だからお願い。泣かないで……」

太陽は、背中を震わせて泣いていた。

「大丈夫なわけないよ……だってパティシエは……雨の子供の頃からの夢だったのに。それに、匂いも、歩くことも……なのに、どうして」

熱い涙が頬を伝い落ちる。その涙の熱さえ、雨はもう感じることはできないのだと考えると、太陽は、今すぐに自分が消えてしまいたいと思った。

「俺なんて死んだってよかったのに」

心からそう思う。雨の何かをひとつでも奪うくらいなら、自分が死んだ方が良かった。

「助けることなかったのに」

嗚咽が漏れる。こんな風に泣くのは初めてのことだ。母の死の真相を知ったときでさえ、これほどの絶望感ではなかった。

「救う価値なんて、ちっともないのに！」

細い腕が、そっと太陽の身体に回され、彼を抱きしめる。

優しく、包み込むように太陽を抱きしめながら、雨はしっかりとした声で言った。

「あるよ」

「あるに決まってるじゃん」

さらに。

「太陽君には価値がある。絶対にある。君がないって言っても、わたしは何回だって言うよ。何百回でも、何千回でも言うから」

ああ。この言葉は——かつて、太陽が彼女に言ったものだ。

「君には、誰にも負けない素敵な価値があるよって」

「雨……」

「だってあなたは——わたしの人生を変えてくれたから」

『雨は、この世界に必要だよ』

太陽は、高校時代と、再会してからも、雨にそう伝え、彼女を励ました。

今、自分の背にくっついている彼女の顔は、見えないけれど……きっと、太陽と同じくらい泣いている。でも、微笑んでもいるんだろう。それは無理やりの笑みではない。

そうして彼女は、背中越しに囁いた。

「太陽は、この世界に必要だよ」

太陽は肩を震わせて泣きながら、その言葉を受け止めた。いつの間にか、欄干を摑む力は弱くなっていた。

5

その夜、雨は力なく、自室のベッドに腰掛けていた。身体に触れて、つねって、叩いてみる。しかし何も感じない。

じっと自分の手のひらを見下ろした。

日下が言っていたことを思い出す。触覚が教えてくれることがあるはずだと。

「日下さん……」

そっと名前を呼ぶと、日下が窓辺に現れた。

「触覚がないって不思議。自分がここにいないみたいです」

「そうですか……」

思えば、嗅覚や味覚は、なくなっても、まだ自分という存在を確認できた。しかし触覚がなければ、何もない空間に一人で漂っているような気さえする。自分の存在を認識するすべがない。

「それで、今更だけど分かったんです。触覚が教えてくれること」

さまざまな場面を思い出した。

太陽が、雨の手を握ってくれたとき……その手が震えていたこと。雨のことを、知りたかったと言ってくれた。

また、雪乃はいつだって、雨の頰を両手で優しく包んでくれた。

『負けるな、雨！　自分に負けるな！』

そう叱咤してくれた。

そして、やっぱり太陽との触れ合いを強く思い出す。一度は離れようと思い、乗ったバスを降りて、走って、走って、彼のもとへ行った。太陽は強く雨を抱きしめた。そして言ってくれたのだ。

『俺は……君が、どんな君になっても――ずっとずっと大好きだから』

雨は今、それらの思い出を、大切な感触と共に思い出す。

「触覚って、きっと――幸せを確かめるためにあるんですね」

日下は小さく頷いた。雨はふっと微笑む。

「たくさん教えてもらったな。この手に、肌に、たくさんの幸せを……でも」

笑みが崩れ、悲しみに覆われる。

「こんなことなら、もっと確かめておけばよかった……」

部屋の時計は七時を過ぎている。雨は何も表示されていない腕時計を見て、言った。

「零時になるとき、彼と二人だけでいさせてください」

「分かりました」

日下は去ろうとする。その背に、雨は訊いた。

「間違えてなかったですよね？」

振り返った、黒ずくめの男に。

「わたしが選んだ道」

奇跡を背負い、この世で一番大切な命を守ったこと。

「彼を傷つけるだけになってなきゃいいけど」

「……あなたの選択は間違っていない」

月明かりの中、日下は微笑んだ。それもまた珍しいことだったが、初めてではない。彼は思った以上に人間味に溢(あふ)れている。

「だから残り一ヶ月、自分の幸せだけを願えばいい」

雨は机に視線を向けた。そこには、春陽が忘れていった赤い糸の束が置いてある。


時計の針が、十一時を指そうとしている。雨は杖(つえ)を使い、どうにか階段のところまで行った。そこで、階下の太陽に声をかける。

「太陽君」

太陽は、すぐに居間から出てきてくれた。

「降りるの、手伝ってもらっていい？」

彼は階段を駆け上がってきて、雨を介助してくれた。ただ、まっすぐに目を見てくれることはない。

その後居間に連れていってもらい、二人でソファに並んで腰を下ろした。正面の窓越しに庭が見える。雨が降っていた。どのくらい、そうしていただろうか。

「今何時？」

太陽は部屋の時計を確認した。

「もうすぐ零時だよ」

「そっか……」

雨は腕時計を太陽に見せる。

「零時ちょうどになったらね。この時計に、次に奪われる感覚と、タイムリミットが表示されるの」

太陽は衝撃を受けたようだ。

「次は目か耳……どっちにしても、また迷惑かけちゃうね」

太陽は無言のまま、弱々しく頭を振る。

「ごめんね、太陽君」

雨は真摯に言った。

「今まで黙ってて。たくさん心配かけて、ごめんね……」

できることなら、生涯、黙ったままでいたかった。太陽にこんな顔をさせるくらいなら。

でも雨は、日下の言葉を思い出したのだ。

ずっと黙ったままでは、太陽を、答えの出ない問いで、死ぬまで苦しめることになると。

太陽は今、息を止めるようにして、雨の腕にはめられた時計を凝視している。そして時計の針が、零時を指した。

雨は、恐る恐る腕時計を見た。そこには、目のマークと、『34:19:59:53』とある。

「視覚だ……ついに来ちゃったか」

できれば視覚は、最後まで奪われたくなかった。

「タイムリミットは三十四日後……三月二十四日」

雨は考え続けていた。触覚を失う前あたりから。どうして、自分は生きてゆくんだろう……と。もうすぐすべてを失うのに。辛い明日を、どうして生きてゆくんだろう。

棚の桜まつりのチラシが目に留まる。桜まつりは、ちょうど、三月二十四日。

「ごめんね、雨……」

太陽が泣いている。身体を震わせ、耐えきれないといった様子で。

「雨の大事なもの、たくさん奪って……本当にごめんね」

雨は、奥歯を噛み締めた。

太陽の気持ちは分かる。逆の立場なら、とてもではないが、耐えられない。でも、今、雨は彼に伝えなければならないことがある。

辛い明日を、どうして生きてゆくのか。その理由は、ひとつだ。たったひとつだ。

雨はポケットに手を入れた。

「左手、貸して」

太陽が涙で濡れた顔をあげる。雨は優しく微笑んで、ポケットから、あるものを取り出した。

赤い糸で作ったミサンガだ。

「さっき二階で作ったの。力加減が分からないから苦戦したけど、なかなか上出来でしょ」

雨は太陽の左腕に、作ったばかりの赤いミサンガを結ぼうと試みた。しかし、上手く結べず落としてしまう。

すぐに拾い、もう一度結ぼうとする。しかしミサンガは手指をすり抜け、再び落ちる。

雨は諦めない。また拾って、もう一度。

「たくさん奪った……か。そんなことないのにな」

懸命に結びながら、真実を伝えた。

「でも、そう思ってるなら、ひとつだけもらっていい?」

雨が明日を生きる理由。それは、ただひとつ。

「あなたの花火を、わたしに見せて」

太陽は、涙で濡れた瞳を大きく見張った。

「次の春までなんて待てない」

きっぱりと、まっすぐに彼の目を見る。

「あと一ヶ月しかない」

太陽も、ようやく、雨の目を真っ直ぐに見つめ返してくれる。

「でももし、太陽君の花火を見ることができたら――」

涙が頰(ほお)を伝い落ちる。視界は煙(けぶ)ったが、涙が零れ落ちたことは分からない。でも、もういいのだ。

彼の花火を見たい。その願いが叶うなら。

「もうそれ以上、何もいらない……」

今度こそ、ミサンガをぎゅっと結ぶことができた。

「だから、お願い。赤い色になんか負けないでよ」

「雨……」

雨は感覚のない手で、太陽の両頰を優しく包んだ。

「負けるな、太陽」

これは魔法の言葉。世界で一番尊敬する亡き祖母が、雪乃が、雨にくれた魔法の言葉。

「自分に負けるな」

太陽の眦(まなじり)をこぼれた涙が、雨の手を濡らす。

「太陽君ならできる。きっとできるよ」

その涙の熱さを、感じることはできない――けれど。

「叶えるよ」

太陽の声に、確かな熱を感じた。

「今度こそ叶える。絶対叶える」

太陽は決意の眼差し(まなざ)しを浮かべている。

「目が見えなくなる前に、雨に花火を見せるから」

嬉しい──こんな状況で、まだこれほどの喜びがあるなんて。雨は笑った。

「やった。じゃあ……約束ね」

小指を差し出す。太陽は頷き、小指を絡めた。

「約束」

幾度めかの、小指を絡めた約束を、庭に静かに降り続ける雨が、静かに見守っていた。

第八話　きっと誰よりも幸せな今

1

雨がまどろみから覚めると、部屋は夕暮れの柔らかな色に染まっていた。傍らには千秋の姿がある。

「よかった……」

千秋は、雨が眠る様子を見守ってくれていたようだ。

「ここ最近、ずっと眠れてなかったみたいだから」

雨は部屋の戸棚に目をやった。そして、千秋にお礼を言う。

「心配してくれて、ありがとうございます」

「でもこれ以上眠れないようなら病院で……」

雨は急いで首を振る。

「いえ、まだ頑張れます。わたしには……支えてくれる彼がいるから」

それでも気分は沈みがちになる。千秋は、そんな雨の横に座った。

「今って、何秒間だと思う?」

「今……?」

「いろんな説があってね。0・01秒って言う学者もいれば、もっと短いって言う研究者もいるの。でもわたしは、『今は十秒間』っていうのが一番しっくりきたな」

「どうして十秒間なんですか?」

千秋は曖昧に微笑む。

「雨ちゃん。人ってつい先のことを考えて不安になっちゃうものよね。今のあなたもきっと。でもこの十秒間を精一杯、幸せに生きることだけを考えてみたらどうかな」

そんな風に考えたことはなかった。

「わたしも手伝う。雨ちゃんが〝幸せな今〟を生きられるように」

千秋さんは優しい。わたしの心が壊れないように、こうして言葉を尽してくれる。雨は感謝の笑みを口元に浮かべた。

「ありがとう、千秋さん。少し気が楽になりました」

でも、それでも。心に隠した本音があふれそうになる。雨はそれをぐっと堪えた。

「わたし、買い物してきます。ソファカバーとか色々買いたいし。太陽君のことも気にしてあげてください。奇跡のことで、まだ自分を責めているかもしれないから」

何しろ千秋も、日下も、雨だけの案内人ではない。太陽が経緯を知った今、彼だって、サポートを受けることができるはずだ。

「分かったわ……」

千秋はいつもの彼女らしく、穏やかな微笑を浮かべた。

「──触覚が？」

夜の喫茶店で向かいの席に座る司は、太陽の話を聞くなり青ざめた。

「はい。一昨日の朝に……」

司は納得できないといった顔をする。

「でも、五感を失う病気なんてないのに……どうして？」

「詳しくは言えないんですけど、雨は確かに五感を失っています。あと一ヶ月で視覚も」

「一ヶ月？　失う時期が分かるんですか？」

もっともな反応だった。

「ええ。信じられませんよね、そんなの」

しかし、続く司の言葉は意外なものだった。

「信じますよ」

と、彼は言ってくれた。

「何か言えない事情があるんでしょ？」

太陽はほっと息を吐く。

「すみません」

「でもあと一ヶ月って……桜まつりの頃ですよね」

「はい。なので、なんとしてでも雨に花火を見てもらいたくて」

桜まつりを仕切るのは長崎煙火工業だ。そこの会長が、太陽の花火を見てくれることになっていた。陽平には、これは大きなチャンスだが、どんな結果になろうと悔いだけは残さないようにと言われている。太陽は、悔いなど残さない、なぜなら絶対に合格してみせるから、と答えた。父も、春陽も嬉しそうだった。彼らは知らないのだ。太陽には、別の意味で後がないことを。

「桜まつりで俺の花火が採用されたら。花火師としての最初で最後の花火になります」

「最後の？」

「桜まつりが終わったら、花火師は辞めるつもりです」

その決意のために、太陽は司を呼び出したのだ。司は驚いている。

「どうして？」

「これから夏が来たら今よりもっと忙しくなるし、家に帰るのも遅くなります。でも雨は……」

「二十四時間、支えが必要」

唸るように司は言った。太陽は頷く。

「だから家でできる仕事を探そうと思って」

「いいんですか？　辞めて」

司は知っているのだ。太陽と雨が、お互い、子供の頃から目指していたものを。

「決めたんです。雨のために生きるって。彼女がそうしてくれたように」

司は眉を寄せて怪訝そうな顔をする。

「そうしてくれた？」

「いや……。それで、今日お呼び立てしたのは、俺にできそうな仕事があれば紹介してほしくて。なんでもやります」

司は曖昧に頷いた。

「分かりました。何かあれば紹介しますよ」

「ありがとうございます。司さん」

太陽は知らなかった。二人のやり取りを、離れた場所で聞いている人物を。それは案内人の千秋だった。

雨は夜、買い物袋を提げて街なかを歩いていた。杖を使って歩くことにも慣れてきた。もちろん前と同じようには歩けないが、ゆっくりと慎重に移動すればなんとか大丈夫だ。

　ふと、目に飛び込んできたものがあって、雨は足を止める。ライトアップされたそこには、きらびやかなウェディングドレスがディスプレイされている。思わず息を呑むほどの美しさだ。

「きれい……」

　昔、憧れたことがある。あれは確か、東京に出たばかり、社会人一年目のことだ。目に映るものすべてが新鮮で驚きの連続だった。

　レインボーブリッジ、高層ビル群……そんな眩しい夜景を背景に、写真撮影をするカップルがいた。どうやら結婚式の前撮りのようだった。新郎はタキシードを着て、新婦は純白のドレスに可愛いブーケを手にしていた。

　お姫様みたいだ、と雨は思った。白いドレスに可愛いブーケ、雪のようなベールを被ったお姫様になることに、憧れていた。

　花嫁を見て、雨は微笑んだ。わたしもいつか、なれるだろうかと。

　でも、その願いはもう、永遠に叶わないのだ。

　雨はぼんやりと、ガラスの向こうのドレスを見た。すぐそこに飾られているのに、ものすごく遠い場所にあるように感じる。と、脳裏に、さっき千秋に言われた言葉が蘇る。

『わたしも手伝う。雨ちゃんが〝幸せな今〟を生きられるように』

　嬉しかった。雨が少しでも前向きな気持ちになれるように、寄り添ってくれる、千秋のその優しさが。

でも、それでも。心の底では思っているのだ。

幸せな今なんて生きられるはずがない……と。

雨は杖をぎゅっと握りしめ、ふらふらと歩き出す。

雨が世界を目に焼き付けられるのは、あとわずかな間だけだ。

翌朝、雨が起きると、太陽はすでに身支度(みじたく)を終えて居間で何かをしていた。階段の上から名前を呼ぶと、すぐに飛んできてくれて、支えてくれる。

「ごめんね。起こしてくれてもよかったのに」

「ううん、よく寝てたから」

雨は彼に支えられながら居間に入った。ふと、テーブルの上に見慣れない本があって、伏せられて置いてあることに気づく。太陽はその本をさっと本棚(ほんだな)にしまった。

「じゃあ、そろそろ仕事行くね」

「うん。夜ご飯作っておくよ。水筒持った？」

「あ、忘れた」

「もぉ、取ってくる」

家の中だけなら、杖がなくてもある程度動き回ることができる。さすがに階段は危ないから介助してもらっているけれど。

　最後の五感が奪われるまでの間、普通のカップルのように過ごしたかった。だから雨は笑って、太陽の水筒を取りに行った。


　何か考え事があるときは、貯水槽近くのベンチが太陽のおなじみの場所だ。太陽はこの日も仕事の合間に、そこで休憩をとっていた。すると。

「――花火師、本当に辞めるつもり？」

　突然現れた千秋が訊いた。彼らの登場の仕方に、太陽も少しは慣れてきている。

「はい。そのつもりです」

　太陽はきっぱりと答える。

「俺のせいで雨は辛い思いをしています。毎日眠れないくらいに……」

　彼女がようやく眠れるのは明け方だ。だからいつも起きてくるのは遅い。太陽は雨を起こしたくなくて、静かに、身支度を整える。

　でも今日、太陽は見つけてしまったのだ。爪切りを探していて、居間の戸棚の奥に隠されていたものに。それは、市販の睡眠導入剤だった。

　中のシートを出すと、そのほとんどが使われていた。

　眠れない雨のことを考えると苦しかった。せめてもっと傍にいることができれば、どんなときでも、昼夜関係なく、彼女が眠くなった時に自分にもたれかけさせることができるのに。

「なのに俺は何も……だからせめて、雨を支えたいでんす」

桜まつりで花火を打ち上げ、夢に区切りをつけよう。そう決意していた。

千秋は眉根を寄せている。

「お父さんには相談したの？　子供の頃からの夢を諦めるなんて反対だわ」

太陽は目を瞬いた。花火師を昔から目指していたことを知っているのは、雨や司、そしてもちろん、家族や煙火工業の仲間たちだ。突然現れて人生にかかわるようになった、奇跡の案内人である千秋が知っていることに驚いた。

「俺、そんな話しましたっけ」

千秋は目を伏せ、静かな声で答える。

「……雨ちゃんから聞いたの。彼女きっと悲しむわ。自分のせいであなたが花火師を辞めるなんて知ったら」

「だから言わないつもりです」

雨が真実を知ってどういう反応をするか、太陽には手に取るように分かる。

「俺はこれからも花火師を続ける。雨にはそうやって嘘をつくつもりです」

千秋は複雑そうな顔をしたが、もう何も言わなかった。

太陽が仕事場に戻った後、日下が現れた。彼は千秋に言った。

「朝野太陽君の選択を否定するなど、案内人としてあってはならないことです」

「でも花火師は子供の頃からの夢なんです。辞めるべきではありません」

思わず感情的になって反論すると。

「その言葉、本当に彼の心に寄り添ったものですか？」

日下は痛いところをついてきた。さらに。

「それに、彼はいつか花火師に戻る……」

千秋は耳を疑った。

今、なんと言った？

「日下さん」

「人はだれもが、最後は自分を守るものだから」

日下の顔には、隠しきれない確かな憂いが浮かんでいる。

2

事務所に戻った太陽は、仕事に取り掛かる前に、春陽と陽平に大事な話があると切り出した。

「プロポーズ⁉」

二人は揃って、驚いたような声をあげる。

「うん。今夜しようと思って」

「なんて言うの⁉　気になる！　ねぇ、おとう――」

陽平は少し涙ぐんでいる。

「は？　男泣き？」

「明日香（あすか）が生きてたら喜んだだろうな……」

陽平も、春陽も、とても喜んでくれている。しかし、太陽は重い事実を彼らに告げなければならない。

「それでさ。二人に伝えておかなきゃいけないことがあって」

「なんだ、改まって」

太陽はここ数日悩んだ。雨からしてみれば、誰にも言わないでほしいだろう。しかし、もし彼女と結婚できたとして、その生活は、普通の新婚夫婦のものとはだいぶ違うものになる。そのことを、身内には伝えておく必要がある。

ひとつひとつ、足場を固めていくしかない。それが太陽の覚悟だった。

「実は雨……五感をなくすんだ」

当然、二人はぽかんとした顔をする。

「五感……？　どういうこと、おにい」

「すごく珍しい病気で、随分前に味覚も嗅覚もなくしてて。この前、触覚も……」

「触覚？」

「これから視覚も聴覚も失うんだ」

陽平は腕を組み、黙り込んでいたが、

「だからお前、審査を受けることに？」

そう言い当てた。

「来月の桜まつりが、俺の花火を見てもらう最後のチャンスだから」

二人は絶句し、何も言えない様子だった。


雨が買ったのは、綺麗な白いレースのソファカバーだ。それが、するりと手から滑り落ちてしまう。もうそんなことにも慣れてきている。雨は慎重に身をかがめ、カバーを拾うと、ソファにふわりとかけた。

「可愛い……」

ふと、部屋の隅の棚に目がいった。一番下の段に、カバーの巻かれた本がある。今朝、太陽がしまっていた本だ。

まったく、ぜんぜん内緒になんてできていない。雨に隠したいのなら、あんなところにしまってはダメなのに。

でもそれも太陽らしい。雨は棚のところまで移動し、本を取り出すと、カバーを外してみた。

途端に顔が強く強張ったが、その感触はない。ただただ、食い入るように本を見つめた。


夜の公園で、スパーク花火が火花を放つ。雪の結晶のような白銀色が弾ける様子を、雨は微笑んで見つめている。

夜、仕事から帰宅した太陽の提案で、花火をすることになった。彼はトートバッグにたくさんの手持ち花火を買ってきてくれていた。

思えば太陽とは何度もこうして花火をした。雨は火薬の匂いも覚えているし、花火が照らした太陽の横顔もちゃんと覚えている。触覚と嗅覚をなくし、匂いも分からないし、熱も感じない。それでもまだ、その輝きを楽しむことはできるのだ。

その後、いったん近くのベンチで小休止をとった。

「寒くない？」

と、太陽が上着をかけてくれる。

「触覚がないと寒さも感じないみたい。半袖でも平気だよ」

太陽の表情が曇る。雨は慌てた。

「変なこと言ってごめん。線香花火やろっか。勝負ね」

「勝ったほうがなんでもいっこお願いできるってやつ？」

「うん！　今度は負けないから」

雨は線香花火の一本を太陽に渡した。太陽は、二つの花火に火を点けた。チリチリと小気味よい音を立てて、線香花火がオレンジ色の光を放つ。じっと動かずに、それぞれの花火を見守る。すると太陽が言った。

「火薬ってね、不老不死の薬を作ろうとして偶然できたものなんだ」

「不老不死の薬？」

「父さんからその話を聞いたときは笑ったな。昔の人は変なことを考えるなぁって、ちょっとバカにしちゃったよ」

太陽はそこで笑みを消す。

「でも今は分かる気がする……どんなバカげたことでも、世界中に笑われても、その人は作りたかったのかも。大切な人を助ける魔法の薬を」

雨は胸が痛くなる。太陽の悲しげな横顔……彼にこんな顔をさせているのは、自分なのだ。

「ごめん。俺も変なこと言ったね」

雨は黙って首を振る。

「でも、傍にいるから」

改まって言われ、雨は彼を見つめる。すると。

「魔法の薬も作れないし、なんにもできないけど、でもずっと雨の傍にいる。だから
――」

太陽の線香花火の火の玉が落ちた。

「俺と結婚してほしい」

「え……？」

雨は耳を疑った。

「結婚しよ、雨……」

雨の方の線香花火はまだ落ちていない。微かな光が、太陽の真剣な表情を映し出している。

しかし、その光もすぐに消えた。辺りは闇と、静寂に包まれる。太陽が、言った。

「ずっと前から思ってたんだ。いつか雨と結婚できたらなって」

太陽は笑っている。通常の状況だったら。あの事故の前だったら。雨はどれほど喜んだことだろう。想いを伝え合うことすら、あの頃はできなかった。

太陽の笑顔が、今の雨には苦しい。それでも彼の気持ちを考えると、無理をして笑わな

ければならない。

「なんか照れるね、こういうの」

「だね。俺も恥ずかしいや」

太陽は照れをごまかすように、他の花火を手に取る。

少し離れたところで、火を点ける太陽の背中を、雨はじっと、身動きもせずに見つめた。

脳裏(のうり)に、先程見た本のタイトルが蘇(よみがえ)る。

それは、『よく分かる！　介護入門』というものだったのだ。いくつも付箋(ふせん)が貼られており、恐る恐るページを開いてみると、Q＆Aのページだった。

『Q　恋人の介護が必要になりました。将来のことを考えて結婚した方がいいのでしょうか？』

『A　結婚していることで、家族の同意が必要な場面などではスムーズに進めることは可能になります。お相手とよく相談していただくことが第一です』

雨はもう、それ以上読み進めることができなかった。今も、思い出すだけで胸が苦しくなる。

そんな雨のところに、太陽が戻ってきた。

「どうかした？」

雨は小さく首を振る。

「思ってたの……わたし今、きっと誰よりも幸せだなぁって」

笑うと、頬を涙が伝った。太陽は照れたように笑う。

「大袈裟だよ」

「そうかな」

「でも、そう言ってくれて嬉しいよ。じゃあ——」

「考えさせて」

「え？」

「いや、びっくりしちゃって。一度落ち着いて考えたいの」

太陽は真剣な表情で顎を引いた。

「そっか。分かった」

「あ、線香花火の勝負、わたしの勝ちだったね。そのお願いも考えなくっちゃ」

二人のやり取りを、日下が黙って見つめている。

夜半、眠れぬ雨は、月明かりが照らす部屋で、一人静かに座っていた。そこに日下が現れる。

「さっき、泣くつもりはなかったんです……」

日下はいつものように、黙って耳を傾けている。

「嬉しかったんです。プロポーズ。でも、それよりも苦しくて」

「苦しい？」

「太陽君に、嘘つかせちゃったなぁって。きっとわたしのためなんです。わたしの将来を考えて、結婚しようって言ってくれたんです」

そう。全部は、雨のために。

「一瞬、うんって言いそうになりました。わたしも同じだったから」

東京で、前撮りをする新郎新婦を見たときも。司に紹介してもらった式場で結婚式を見たときも。いつも、自分と太陽を重ね合わせた。

「いつか太陽君と結婚して、ウェディングドレスを着れたらなぁって、ずっと願ってたから。でも、それって」

昔と今では、事情がまるで違ってしまっている。結婚を望むということは。

「太陽君に、一生迷惑をかけるってことなんですよね」

唇が震える。笑顔でいたいのに、それはできない。

「思ったことも伝えられない。話もできないわたしのことを、彼は一生……死ぬまで支えなきゃいけないんですよね」

「では、断るつもりですか？」

雨は弱々しく頷（うなず）いた。当たり前ではないか。それしか選択肢（せんたくし）はない。

「しかし彼は、それでもあなたを支えるかもしれない。五感をなくしてからでは、断る術はない。ならば、プロポーズを受けてみては？」

「……え？」

日下がそんなことを言うなんて。びっくりして、溢れそうになっていた涙が引っ込んでしまう。しかも彼は、優しく微笑んでいるではないか。

つられて、雨まで笑顔が戻ってきた。

「日下さん、最近すごく優しい。どうして？」

日下はとたんに、渋面を作る。

「わたしは優しくなんて……」

いいや、優しい。思えば、太陽の気持ちを受け取るべく背中を押してくれたのも、日下だった。

雨は彼に頭を下げる。

「気にかけてくれて、ありがとうございます」

日下は黙って、窓の外に視線を外した。

3

太陽は事務所で休憩をとっていた。誰もいなかったが、傍らには千秋がいる。

「昨日、雨にプロポーズしました」

太陽が報告すると、千秋は微笑み、

「そう」

と呟いた。

「色々心配してくれてありがとうございます」

千秋は黙っている。と、そこへ、

「おにい――」

春陽が入ってきて、大股で太陽のところへやって来た。何か思い詰めたような、強張った顔をしている。

「どうした？　怖い顔して」

「花火師やめるってどういうこと？」

太陽は、驚き、問うように妹を見る。まだ、家族にその話はしていない。

「市役所にミサンガ届けに行って……それであの人に聞いたの」

司はどうやら、春陽が元気がないのを、太陽が仕事を辞めるせいだと勘違いしたらしい。そうではなく、春陽は、太陽が五感を無くす雨にプロポーズすることについて、いろいろ考え込んでしまっていたのだという。

仕方がない。春陽と陽平には、桜まつりまでには話すつもりでいた。

春陽は今、怒りと戸惑いが混ざったような顔をしている。遅かれ早かれ、ちゃんと説明する必要があった。

「何考えてるのよ!?　おにいはうちの跡取りでしょ!」

怒鳴り声を聞きつけたのか、陽平がやってきた。

「どうした?　春陽」

「おにい、花火師辞めるって。雨ちゃんを支えるために」

陽平は息を呑む。

「本当か?　太陽」

「はい。桜まつりを最後に」

自分から、父親に頭を下げた。一人前の花火師にしてくれと。辞表を出した後、再度頼んだ。父はそんな自分を受け入れてくれた。応援してくれた。それなのに。

太陽は分かっている。自分は親不孝だ。春陽にも申し訳ない。でも、太陽が今一番大事なのは雨だ。

陽平は黙り込んだが、春陽はまだ納得いかない様子だ。

「おとう、すごく喜んでたんだよ！　それに、お母さんとの約束はどうするのよ⁉」

「春陽、俺は――今は何よりも雨が大切なんだ」

絞り出すような声で、決意の表情で、伝える。

「それに俺には雨を支える責任がある。だから……」

太陽はそこで口をつぐんだ。春陽が……あの気丈な妹が涙を流している。

「そんなの許さない……」

苛烈な目で太陽を睨みつけ、泣きながら、春陽は叫んだ。

「お母さんのこと死なせておいて、そんな勝手なこと絶対許さない‼」

その言葉は、鋭い刃となって太陽の胸を抉った。確かに太陽は、雨に対してだけではなく、妹にも、父にも、負い目がある。

傍らに佇む千秋も悲痛な顔をしている。

「こんなことなら、わたしが約束したかったよ！　そしたら、反対されても花火師になったのに！」

太陽は、はっとした。春陽が花火師に？　昔、そんな話をした記憶はあるが、まさか本気とは思わなかった。

春陽は、なお声を振り絞る。

「でもわたしはお母さんの顔も知らない……声も、何も分からない……約束もない……だから！　だからおにいに頑張ってほしかったのに！」

いつも明るい春陽がこれほど泣くのも、怒鳴りながら誰かを責め立てるのも、初めてのことだ。太陽は何も言えず、陽平も俯いている。

「バカ！　ゴミクズ！　無責任！　そんな程度の気持ちなら、最初から花火師になるな！」

春陽は最後にそう叫び、事務所から走り去った。

春陽が去った後、太陽は項垂れて座っていた。目の前に缶コーヒーが置かれ、顔をあげると、陽平が立っていた。

「春陽は本気で花火師になりたかったんだな。それに、明日香の顔も……」

「父さんは……どう思ってるの？」

自分の気持ちをそのまま吐き出す春陽とは、真逆の性格の父だ。しかし春陽以上に感じていることがあるはずだ。

「お前が弟子になりたいって言ってくれたとき、本当は嬉しかったよ。明日香の願いが叶うと思って」

「……母さんの願い」

「お前が生まれてすぐの頃、先代が……お前のじいちゃんが亡くなってな。一度はここを畳もうかとも思った。そしたら明日香の奴、怒ってな。朝野の花火は、何があっても未来に繋げないとダメ！　って」

不器用な父は、笑みを浮かべ、普段なら絶対に言わないような言葉を口にした。

「だから嬉しかった。お前に朝野煙火を託せることが」

妹の想いも、父の想いもちゃんと受け止めなければならない。それでも太陽に選択肢はない。太陽は申し訳なく、父に向かって深く頭を下げた。

その頃、春陽は近所の神社の境内にいた。昔から、一人になりたいときに来る場所だ。静かだし、気持ちの整理をするのに最適の場所なのだ。

一人、石段に腰掛けて、過去を思い出す。

昔……あれは中学を卒業し、高校に入学する前の春だった。誰もいない事務所でスマホをいじっていると、達夫が声をかけてきた。

「お嬢も春から高校生か。陽平にはもう言ったのか？　花火師になりたいって」

「断られた。お前には務まらないって」

「そうか……」

春陽は物心ついた頃から、煙火工業の職人たちに可愛がられて育った。特に年配の達夫は、身内も同然の存在だった。だからこのときも、春陽が落ち込んでいることにいち早く気づいてくれたのだ。

「お母さん、ここでどんな仕事してたの？　花火師じゃなかったんだよね？　結婚して働き出したんでしょ？」

　なんとなく、陽平に母のことを訊くのは躊躇(ためら)われたため、達夫に訊いた。

「明日香さんはうちの番頭だった。それに、朝野煙火の太陽だったな」

「太陽？」

「『さぁ、今日も頑張ろう！』っていつも笑ってたよ」

　その笑顔を思い浮かべたくても、春陽は母の顔を知らず、余計に落ち込んだ。すると、

「もし気が向いたら、お嬢も俺らを照らしてくれよ。お前は明日香さんによく似てるからな」

　達夫がそんなことを言った。春陽は嬉しくて顔を輝かせた。

「ほんと!?」

「ああ。だから一緒に守ってくれ。明日香さんが残した、この朝野煙火を」

　春陽は胸が熱くなった。花火師になれなくても、自分なりに、母が愛した朝野煙火の役に立てるのだと。

「じゃあ守る。お母さんの代わりに！」

春陽は、兄のように死んだ母と直接約束はできなかったけれど、母の志を継ぐことはできるのだと、そんな思いで今までやってきた。

それなのに。

春陽は石段から立ち上がった。絶対に、兄を辞めさせてはダメだ。

4

突然の電話に、雨はどきりとしてスマホを耳に当てた。

「どうしたの、突然……。何かあった？」

電話をかけてきたのは、母の霞美だ。亡き祖母のおかげで時を経て関係は改善したものの、まだ、話すと緊張してしまう。

「実はお母さん、正式に退院できることになったの」

「ほんと？　おめでとう！　いつ？」

「四月の初めに」

「四月……」

咄嗟に腕時計を見下ろす。数字は確実に減り続けている。

そんな娘の事情を知るはずもない母は、電話の向こうで明るい声で言う。

「退院したら、一緒に暮らさない？」

雨は答えに詰まった。その間を、霞美なりに解釈したのだろう。

「すぐに返事はいらないわ。あんな酷いことをしておいて、今さら虫のいい話だって分かってるから」

そうではない。確かに会えば緊張はするし、多少の気まずさは残っているが、雪乃亡き今、霞美はたったひとりの肉親だ。

そう思えるようになったのは、雪乃が最後の力を振り絞って、母娘の縁を再びつなげてくれたからだ。

でも、雨の状況は、かなり難しい。どう返事をしようか思い悩んでいると、スマートスピーカーのシンディーが来客を告げた。

「ごめん、お客さん。またお見舞行くね。じゃあ」

電話を切って、玄関に向かう。壁に手を添えながらゆっくりと進み、上がり框に置いてあった杖を手にすると、段差に気をつけながら三和土に下りた。

扉を開く。

「……春陽ちゃん」

そこにいたのは、春陽だった。眉根を寄せ、唇を引き結んだ厳しい顔……ああ、この表情は知っている。ずっと昔。高校卒業のとき、太陽にラブレターを渡そうとして、彼の家に行った。その時出てきた春陽は、今と同じように、何かを思い詰めたような顔をしていた。

春陽を居間に案内する間、雨はずっと彼女の視線を感じていた。不自由そうに歩く雨を、不思議に思っているだろう。でも彼女は、そのことについては何も訊かなかった。

「――プロポーズ、もうされた？」

いきなり、そう質問された。雨は困惑しながら、答える。

「うん。でも、まだ返事してないの。あ、もちろん嬉しかったよ。これで春陽ちゃんのお姉ちゃんになれるなぁって」

「断って」

「え？」

「プロポーズ、断ってほしいの」

昔、言われた。『おにいの夢の邪魔をしないで』と。同じ表情をしていると思ったが、春陽はあのときよりも、ずっとずっと、苦しそうだ。

「酷いこと言ってるって分かってる。いつも二人の邪魔ばっかりして最低だって。でも、わたし……花火師、続けてほしくて」

花火師を続ける？　そんなことは当たり前のはずだ。雨は混乱した。

「だから結婚しないで」

春陽は懇願するように繰り返す。

「おにいから花火を奪わないで」

「どういうこと……？」

「おにい、桜まつりが終わったら花火師辞めるの」

雨は青ざめた。

「俺には雨ちゃんを支える責任があるからって」

雨は咄嗟に、棚に置かれたあの本を見た。

まさか花火師を辞めるまで考えていただなんて……。

すべてのことがつながって、自分を呪いたくなる。なぜ気づかなかったのか。太陽なら、そう考えるに決まっている。

「ごめんね、雨ちゃん……」

春陽は泣いている。

「きっと雨ちゃんが一番辛いよね……苦しいよね。それは分かってるの。でも、だけど……わたしは朝野煙火を守らないといけないの」

雨はふと、春陽の笑顔を思い出した。

明るくて、強くて、太陽のような春陽の笑顔を。もしも雨が太陽と結婚し、姉になったら、ものすごく嬉しいと笑ってくれた。帰り際、右手を差し出し、『ありがとう、お姉ちゃん』と笑ってくれた。あのときの笑みや、手の温かさは、本当に得難いものだった。

それなのに、今、彼女は泣いている。

「だからお願い。お願いします……」

春陽は手をつき、頭を下げると、絞(しぼ)り出すような声で言った。

「おにいの前から、いなくなってください」


千秋はここ数日、ずっと太陽の様子を気にかけていた。案内人として、対象者の心の変化を見守るのも大切な役割だ。

高台の公園で、太陽は夕陽をぼんやりと見ている。

「酷いですよね。妹を泣かして、父さんをがっかりさせて」

太陽は千秋にそう言った。

「確かに俺は朝野煙火の跡取りだし、この十年、修行も頑張ってきたつもりです。父さんの期待も、母さんとの約束も分かっています」

太陽は、自分自身を納得させようとしているようにも見えた。

「でも、雨がいないと意味ないんです……」

それから、千秋に向かって悲しげに笑う。

「間違ってますかね、俺……」

千秋はふと、先日、日下に言われた言葉を思い出す。

『その言葉、本当に彼の心に寄り添ったものですか？』

花火師を辞めようとしている太陽の決断に、反対したとき、そう言われたのだ。

確かにそうだ。あのときわたしは彼の心に寄り添っていなかった。だから千秋は今度こそ、太陽の背中を押すようにして言った。

「あなたは正しいわ」

千秋ははっきりと言った。

「前の言葉は撤回（てっかい）する」

困惑している太陽に、千秋は清々しい笑みを向ける。

「跡取りなんて誰だっていいじゃない。お父さんも分かってくれる。それに、お母さんが生きていたら、きっとこう言うわ」

太陽に向き直り、優しく微笑（ほほえ）んだ。

「わたしとの約束なんて、どうでもいいのよ……って」

「そうかな……」

「そうよ。だから太陽君、心のままに生きなさい」

太陽はホッとしたような、救われたような、そんな表情を浮かべた。

「じゃあ、桜まつりが最初で最後の花火か」

千秋が明るい口調で言うと、再び太陽の顔が曇る。

「でも、どんな花火にしたらいいか迷ってて……」

彼は赤色が分からない。目の前の、これほどまでに美しい夕焼けの色も。

「ねぇ、今って何秒間だと思う?」

千秋は、先日雨にしたとの同じ質問をした。

「今? 見当もつかないや」

「十秒間よ。それって、打ち上げ花火が夜空で咲いて、散るまでの時間」

千秋はそっと目を細めた。

「花火師は、花火を見てくれる人の〝今という十秒間〟のために全身全霊を尽くすのね。その人達の心に、一生残り続ける想い出を届けたくて」

太陽は、深く考え込む顔つきになる。

「あなたの人生で一番大切だった十秒間、それを花火に込めてみたら?」

「一番大切だった十秒間……」

太陽の瞳に、強い光が宿った。

5

「ただいま！」

明るい声が聞こえ、太陽が居間に入ってきた。

「おかえり」

おかえり、太陽君。考えてみれば、この言葉ひとつとっても、とても幸福なことだ。好きな人に、「おかえり」と言える。

「太陽君、こっちきて」

「どうしたの？」

「プロポーズの返事、今しようと思って」

隣に座った太陽は、緊張のためか、背筋をぴんと伸ばした。雨は微笑む。

「ねぇ、太陽君。わたしと結婚してください」

太陽が、驚きに目を見開く。自分でプロポーズしたくせに、信じられないといった顔をしている。

「ふつつか者ですが……で、あってるっけ？」

「いいの？　本当にいいの？」

「うん！　太陽君こそ、わたしでいいの？」

太陽はぎゅっと雨を抱きしめた。

「もちろんだよ！　雨じゃなきゃダメだって！」

「大袈裟だなぁ」

雨はくすりと笑って、感覚のない手を太陽の背中に回した。

「太陽君。いつも、わたしを一番に想ってくれて、ありがとう」

「俺の方こそ、ありがとう。嬉しい。本当に嬉しいよ」

うん、そうなんだね。分かるよ。声が弾んでいるもの。わたしも同じ。嬉しいの。本当に嬉しかったの。

「じゃあ婚姻届出さなきゃね！　あ、証人どうしよう！　一人は父さんで、もう一人かぁ、誰がいいかなぁ！」

太陽は涙ぐんでさえいる。雨はその彼の顔を脳裏にしっかりと焼き付けた。


それから婚姻届を出すまで、あっという間だった。司に頼み、証人を引き受けてもらい、カフェで待ち合わせして証人欄に印鑑を捺してもらった。

太陽が恐縮している。

「すみません、図々しく証人まで」

「とんでもない。光栄ですよ」

「あとは出すだけか。なんかドキドキしてきたね」

落ち着かない様子の太陽に、雨は微笑む。

「うん。あ、でも今、窓口混んでるみたい。出しておくから、太陽君は仕事に戻って」

「いや、でも……」

「桜まつりの準備もあるでしょ？　時間もったいないよ」

桜まつりのことを持ち出せば、太陽が納得するのを雨は分かっていた。

「……じゃあ、任せていい？」

「もちろん」

「今夜は早く帰るよ。それじゃあ」

嬉しそうに手を振って、太陽が去ってゆく。司が腰を上げた。

「さて、僕らは窓口に行こうか。付き合うよ」

雨は、静かに首を振った。

「帰ります」

司は驚いたように目を瞬く。

「帰る？」

「出すつもりないんです。婚姻届。わたし、太陽君とは結婚しません」

のか。

「どうして?」

きっと世界中の人が分かってくれる。太陽以外は。なぜ、彼が雨と結婚してはならないのか。

「立派な花火師になってほしいから」

そのひとことに尽きる。

「でも、わたしと結婚したら、彼の未来を奪っちゃう……だから、いなくなります。あと一ヶ月で、太陽君の前から」

司は驚きつつも、理解してくれた様子だ。雨がなぜこの決断をしたのか。

「だけど変にプロポーズを断ったら怪しまれそうで。そしたら彼、きっと内緒でわたしを支えちゃう。何も分からなくなったわたしのことを」

そうなのだ。五感がすべて失われたら、雨にはもう何も分からない。誰が傍にいて、誰が話しかけてくれるのかも分からない。永遠の闇の中で、ただ、息をしているだけだ。だから、太陽の未来を守るための行動は、今しか取れない。目が、耳が、聞こえている今しか。

「司さん。わたしの五感が全部なくなったら、太陽君に伝えてくれますか?」

雨は大切なお願いをした。

「ほんとは結婚してないよって。責任なんて感じなくていいんだよ。太陽君は自由に生きて……って」

　司は苦しそうだ。

「いいの？　それで」

　雨は頷いた。

「いつも面倒なお願いばっかりでごめんなさい」

「いいよ。だって僕は、傘だから」

「傘？」

「つかさって名前。ほら、傘が隠れてる。雨には傘が必要でしょ？」

　雨は目を見張った。

「ほんとだ……。でもちょっとキザですね」

「え！　そ、そうかなあ？」

　戸惑う司に、雨は噴き出す。心の中では、本当にその通りだ、と思っていた。出会ったときから、ずっと、何かにつけて助けてくれる。司は確かに、傘のような人だ。

6

　海を臨む公園で、雨は一人、立ち尽くしていた。上着のポケットには、出せなかった婚姻届がある。

つい先程、霞美に電話をした。申し出てくれた通り、一緒に暮らしたいと伝えた。迷惑をかけてしまうことなるけれど、と。

それから、長崎を離れたいとも。誰も雨を知らない場所に連れていってほしいと。太陽にも、誰にも言わずに。

霞美は電話の向こうで驚いていた。

ふっと空気が動く気配があって、隣に日下が立つ。雨は言った。

「プロポーズ、受けないことにしました。それが一番いいと思って」

「そうですか……。しかし願いは叶えてもいい。ずっと望んでいたんでしょ？」

優しい、穏やかな口調で彼は訊く。

「今だけは、どんな嘘をついたって神様も許してくれるはずです」

雨はポケットから折り畳(たた)んだ婚姻届を出す。

「じゃあ、ついちゃおうかな」

指先で、太陽の名前をなぞる。何も感じなくても、そうせずにはいられない。

「あと一ヶ月だけ……太陽君の奥さんでいたいから」

そして、意を決し、婚姻届を破いた。

夜、太陽が帰宅すると、居間は真っ暗だった。怪訝(けげん)に思っていると、廊下(ろうか)に何かが置いてあるのを見つけた。どうやら衣類のようだ。近づいて手に取ると、落ち着いた色のシャツと蝶ネクタイ……ベストまである。手紙らしきものもあり、乱れた字が記されている。

『これにきがえて　入ってきて　雨』

不可解だったが、素直にそうすることにした。手早く着替えて、すぐに居間に入る。

太陽は目を見開いた。

居間が飾り付けられている。いくつものバスケットブーケで飾られ、オレンジ色の光に包まれている。可愛(かわい)らしいキャンドルランプがあちらこちらに置かれ、その光が照らす中、雨が立っていた。

白いワンピース姿で。

彼女の手には、胡蝶蘭(こちょうらん)やチューリップ、クリスマスローズなどで作ったブーケがある。

「ほんとは、ちゃんとしたドレスも買いたかったの。けど思ったよりもお花が高くて。だから押し入れから、このワンピースを引っ張り出したんだ」

太陽は、胸が詰まった。触覚のない身でここまでの準備をするのは、さぞ大変だったことだろう。

「どう？　ちょっとは花嫁みたいに見えるかな」

はにかんで笑う雨に、さらに胸が締め付けられる。

「ねぇ、今から結婚式しよ」

雨は嬉しそうに微笑(ほほえ)んだ。そして言ったのだ。

「見えるよ……」

突然の結婚式の提案に、太陽はひどく驚いている。無理もない。雨はそんな彼の様子に、笑みを深めた。

「ここで？　式場じゃなくていいの？」

「ここでいい。ここで十分……」

「分かった。じゃあ、やろう」

太陽は同意してくれたが、にわかに落ち着きをなくしたようだ。

「順番ってどうだっけ？　結婚指輪、誓いの言葉、それからベールをあげて……」

「あ、ベール」

ドレスの代わりになる服のことばかり考えていて、すっかり忘れていた。確かに、花嫁にはベールがあった方がいい。

「何かないかなぁ」

さっと辺りを見渡した雨は、すぐに解決策を見つけた。

先日買ったレース地のソファカバーだ。あれがぴったりではないか。さっそくソファから外し、太陽に見せて微笑む。太陽も釣られたように笑う。彼は雨の頭に、ソファカバーをふわりとのせてくれた。

「安物のソファカバーだけど変じゃない？」

「綺麗(きれい)だよ。まるで──」

「お姫様みたい？」

太陽は満面の笑みで頷いた。

「よかった……」

「誓いの言葉って、どんなんだっけ？」

雨は思い出す。以前、アルバイトをしたとき、チャペルで見た結婚式の光景を。新郎新婦は、笑顔で、誓いの言葉を口にしていた。

『わたしたちは、ずっとずっとこれからも、二人で一緒に生きてゆくことを誓います』

覚えている。一言一句、正確に。それでも。

「……分からないから省略しちゃおっか」

雨は右手にはめていた、あの雨粒の指輪を外すと、彼に渡した。太陽は雨の左手を取り、薬指に指輪をはめる。

そして彼は、雨のベールをゆっくりと上げた。

雨は、うんと幸せそうに微笑んだ。

昔、憧れたことがある。白いドレスに可愛いブーケ、雪のようなベールを被ったお姫様になることを。あなたのお姫様になることを。

だから、これがただの結婚ごっこでも。未来を誓うことができなくても。たった一ヶ月の嘘だとしても——。

二人は、結婚のくちづけを交わした。

この十秒間だけは——きっと誰よりも、幸せな今。


春陽はスマホを見つめていた。夕方届いた雨からのメッセージを何度も読んだ。

『わたしも春陽ちゃんと同じ気持ちだよ』

『でもあと一ヶ月だけ、太陽君と結婚したフリをさせてほしいの。お願い』

いつか後悔するだろうか。昔、二人の仲を結果的に引き裂いてしまい、春陽はひどく後悔したし、申し訳ない気持ちでいっぱいだった。

雨のことが、好きだった。綺麗で、控えめで、とても優しい……何より、あの兄が心から大切に想う人だ。

兄は、太陽は、すべてを知った時、春陽を恨むだろう。憎むかもしれない。それでも、春陽は、こうするしかなかった。朝野煙火を守るために。

「春陽」

振り返ると、陽平が立っている。

「何？」

「……母さんの写真があるんだ」

春陽は、心底驚いた。

「全部燃やしたんじゃなかったの？」

「この間、明日香の実家に電話して、送ってもらったんだ」

「もしかして、わたしのために……？」

陽平は苦笑する。

「明日香の奴、折に触れてお前や太陽の写真を父親に送っていたみたいでな。春陽が生まれたときのも入ってたよ」

そう言って、封筒を差し出した。春陽は、その中から数枚の写真を出す。

「これがお母さん？」

胸が、じんわりと温かくなった。

「綺麗な人……」

想像していたよりもずっと美しい女の人が、まだ赤ん坊の春陽を抱いて微笑んでいる。

漆黒の髪に、整った繊細なつくりの顔……。

春陽は封筒をひっくり返す。差出人のところには、『千秋光太郎』とあった。

夜の寺院で、月明かりの中、日下と千秋はいつものように並んで座っている。千秋は日下に言った。

「子供の頃からの夢を叶えてほしい。それに、あの約束も。そう思って、ちゃんと寄り添えていませんでした」

「案内人は奇跡を見守るだけの存在です。しかし、心の中は自由だ。願ってもいい」

「なら、願います……。二人の今が、幸せでありますようにって。案内人として。それから――」

昔のさまざまな想い出が、走馬灯のように駆け巡る。幼かった太陽、まだ赤ん坊だった……春陽。

「太陽の母親として」

千秋は薄く微笑み、呟いた。

第九話　いつか見る景色のために

1

二月の寒空とは対照的に、太陽の心は喜びに満ち溢れ、明るい陽射しの下にいるような気持ちだった。

雨と結婚し、婚姻届も提出した。まだ実感はないが、幸福感で足元がふわふわしている。

職人仲間たちも、喜んでくれた。

「ピーカンさん、結婚おめでと〜！」

雄星が大きな花束を渡してくれて、達夫、竜一、純も揃って盛大な拍手をしてくれる。

「ありがとうございます！」

今度こそ、空振りではない。太陽は照れながらも嬉しくて笑ったが、そんな中、春陽が無言のまま出ていってしまった。

いつもの春陽なら、まっ先に祝ってくれそうなものなのに。

その後も妹の様子が気になりつつも、仕事に没頭した。浮かれる気持ちはぜんぜん収まっていないが、太陽には大切な使命がある。ひとり、事務所に残って花火の資料を見つめていると、陽平が入ってきた。

「なんだ、まだ残ってたのか？」

「どんな花火にしようかなって……」

「桜まつりのか？」

「はい」

雨に見せる最初で最後の花火だ。彼女の記憶に、いつまでも残る最高の花火にしたかった。

悩む太陽に、案内人の千秋が、いいアドバイスをくれていた。

「俺の人生で一番大切だった十秒間を込めようと思ってて」

陽平が眉根を寄せる。

「十秒間？」

「ある人がアドバイスをくれたんです。花火師は〝今という十秒間〟のために全身全霊を尽くすんだって」

父親が驚愕したような表情を浮かべた。

「おまえ、どうして……!?」

「え、どうかしました？」

「いや……」

歯切れが悪い父親に、太陽は、ふと気になって訊ねる。

「ちなみに、父さんの人生で一番大切だった十秒間は？」

「……そんなの、すぐには思い出せんよ」

「だよね。じゃあ、そろそろ帰るよ」

太陽は苦笑し、鞄を手に事務所を出た。大切な十秒間……たったの十秒間だからこそ、即答はできない。雨との想い出だけでも、たくさんあって、とてもではないが十秒に収まるものではない。

嘆息し、煙火工業の敷地を出ようとしていると、ベンチに座る妹を見つけた。

「何してんだよ、こんな寒いのに」

「おにいのこと待ってたの。渡すものがあって」

春陽は神妙な面持ちで、太陽に封筒を向ける。

「これ、お母さんの写真」

「え？」

「おとうが、お母さんの実家から取り寄せてくれたの」

太陽は驚き、恐る恐る封筒を受け取る。母の顔は朧げだ。写真の一枚も残されていないから、今では思い出すこともできない。

「綺麗な人でびっくりしたよ」

春陽のつぶやきを聞きながら、太陽は封筒から写真を引っ張り出した。そこで、さらに驚愕し、固まってしまう。

「どうかした？」

太陽は食い入るように写真を見つめた。

「千秋さん……」

そこに写っているのは、紛れもなく千秋だ。ただし喪服ではなく、普段着で、柔らかな微笑を浮かべている。


暗闇の中、千秋の美しい顔がオレンジ色に染まっている。彼女は小さなキャンドルと、その光をぼんやり眺めている雨を見ていた。

「このキャンドル、昨日の結婚式で使ったんです」

「本当によかったの？　太陽君と結婚しなくて」

千秋がそっと訊ねる。

雨は太陽と結婚式はしたけれど、婚姻届は出さなかった。確固たる考えのもとに。

黙ったまま、腕時計を見る。視覚消失まで、あと二十六日。

悲しみを打ち消すために、キャンドルの灯火に意識を向けた。

「キャンドルの光って落ち着く……どうしてなんだろう」

「……きっと、希望の光だから」

千秋はそんな答えを口にした。

「人はね、誰もが心にキャンドルを持っていて、そこには希望が灯っているの。その光を消さないように、大切に、誰かと分け合いながら生きてゆくのが人生なんだって」

千秋の話は優しく、美しい。雨は静かに耳を傾けていたが、微かに開かれた窓から風が迷い込んできた。冷たい風に頬を撫でられても、今の雨は感じることができない。代わりにキャンドルの灯火が不安定に揺れた。

「あるのかな……」

「え？」

「太陽君の花火を見たあと、五感を全部なくしたら……希望の光……」

雨は、眼の前で揺れる小さな淡い光を見つめる。なんだか無性に愛おしかった。自分の希望に似ているからかもしれない。風が吹いたらあっという間に消えてしまう、弱くて儚い灯火だから……。

そんなことを考えながら、今にも消えてしまいそうな灯火をじっと見つめた。

2

「これ、千秋さん⁉」

雨は心底驚いて、手元の写真にまじまじと見入った。確かに千秋だ。喪服を着ていないせいか、印象がまるで違うが、美しい顔はそのまま、年齢も今とまったく変わらないように見える。

太陽は神妙な面持ちで頷（うなず）いた。

「千秋さんにはもう訊いたの？」

「まだ……なんか戸惑っちゃって」

それはそうだろう。千秋は案内人……日下（くさか）と共に、雨と太陽の奇跡を見届ける人だ。

太陽の複雑な気持ちは理解できる。彼の母親は彼が五歳の時に亡くなった。本当だったら、二度と会えない人なのだ。

「よかったね、太陽君」

雨はしみじみと言った。

「これでお母さんに伝えたいことを伝えられるね。話してごらんよ。せっかくまた会えたんだから」

太陽は笑顔になった。しかし、

「やめた方がいい」

背後から、いきなり声が聞こえた。振り向くと、日下がいつの間にかそこに立っている。

「どうしてですか……？」

雨が訊くと、日下は淡々と答えた。

「我々案内人は、元は普通の人間です。死後にその素質がある者だけが選ばれます。わたしと彼女は奇跡を見届けることが役目ですが、奇跡対象者が生前の関係者だった場合、担当することは許されません」

「なら、どうして千秋さんは？」

「彼女はそれでも食い下がった。旧姓である〝千秋〟を名乗り、正体を隠すと誓って」

確かにまったく分からなかった。雨は、おそらく太陽も、千秋というのは下の名前だと思っていたのだ。

「そうまでして、会いたかったのでしょう。成長したあなたに」

日下がそっと続けると、太陽は黙り込み、目元を微かに震わせた。

「天は、生前にまつわる会話を禁じることで、彼女の願いを聞き入れました」

「じゃあもし、俺が『母さん』って呼んだら……？」

「彼女は月明かりに溶けて消えます」

雨は言葉をなくす。普段、あまり意識したことはないが、案内人は、生きている人間ではない。誰も彼らに触れられないし、彼らが触れることもできない。

「魂は完全に消滅する。それが、天が課した条件です」

過酷な条件に苦しんでいるのは、奇跡を受け入れた自分たちばかりではなかったのだ。案内人——その存在の儚さを知り、雨と太陽は、何も言うことができなかった。


陽平は、リビングでひとり、ぼんやりとしていた。昨日、太陽の言葉を聞いてから、繰り返し、過去のことを思い出している。

「ねぇ、今ってどのくらいの時間だと思う？」

かつて、亡くなった妻は陽平にそんなことを訊いた。

あれは、妻の明日香が春陽を妊娠中の頃だから、もう二十五年近くも昔のことだ。お腹が大きい明日香と、まだ四歳だった太陽と一緒に、近所の公園に遊びに出かけた。春の初めの頃で、まだ肌寒かったが、桜の花芽はすでに膨らみ始めていた。

確かふたりでベンチに座り、砂場で遊ぶ太陽を眺めていた時だ。

「今って、この今か？」

明日香は頷き、かばんの中から出した本を見せた。『今という時間』というタイトルの本だ。

「この本には、0・01秒にも満たない時間って書いてあるの。人は視覚でその今を捉えているんだって」

明日香は時々、そんな風に少し難しい話をした。美しく優しいだけではなく、思慮深く、知識も豊富な彼女のことを、陽平は尊敬していたし、心の底から大切に思っていた。

「陽平さんは、今ってどのくらいの時間だと思う？」

陽平は真剣に考えた。妻とは違い、普段、あまり複雑なことは考えない質だったが、彼女に何か訊かれたら、いつだって真剣に考え、答えることにしていたのだ。

「そうだなぁ……十秒間だ！」

はっきりと答えると、明日香は目を丸くした。

「十秒間？　どうして？」

「十秒って言やぁ、尺玉の花火が空で咲いて散るまでの時間だ」

我ながら、それが一番しっくりとくる答えだった。

「俺たち花火師は、花火を見てくれる人の〝今という十秒間〟のために全身全霊を尽くすんだ。その人たちの心に、一生残り続ける想い出を届けたくて……なんてな」

思わず熱弁してしまった自分が恥ずかしく、照れ笑いを浮かべると。

「今は十秒間……」

明日香は呟くように繰り返した後、ぱっと顔を輝かせた。まるで花火のように。

「わたしもこれからそう思お！」

あんまり嬉しそうにそう宣言するので、陽平もつられて笑顔になったのだった。

だから——昨日聞いた太陽の言葉は、とても偶然とは思えない。でも、太陽があのときの話を聞いていたはずもないし、たとえ聞いていたとしても、憶えているはずもない。

陽平は釈然としないまま、再び、亡くなった妻に思いを馳せる。するとそのとき、インターホンが鳴った。

春陽が、

「もぉ、誰？　こんな朝早くに」

とぶつくさ言いながらモニターを見る。


朝野家に訪ねてきたのは、司だった。陽平に話を聞かれたくない春陽は、外に出て、司と共に近所の公園に行った。

ベンチに座ってすぐに、司が話し出す。

「一昨日、二人が婚姻届を出しに来たんだ。それで僕が証人に。でも……」

「しなかったんでしょ？　結婚」

「知ってたの？」

驚く司に、春陽はうつむいて答える。

「うん。雨ちゃんから連絡来た」

「そのこと、太陽君には?」

「言えないよ。全部わたしのせいなんだから……」

司が眉を寄せる。

「春陽ちゃんのせい?」

「わたし、雨ちゃんに最低なこと言ったの」

八年前と同じように……いいや、あのとき以上にひどく、残酷なことを言った。

「おにいの前から、いなくなってって」

司ははっとした表情を浮かべ、黙り込む。賢い彼のことだから、前後の経緯をすぐに察したのだろう。なぜ、春陽が雨と兄との結婚を反対したのかも。

「許せなかったの。お母さんとの約束を捨てて、雨ちゃんのために生きようとしてるおにいのことが……」

言葉が詰まって、涙が零れ落ちる。震える拳をぎゅっと膝に押し付けるようにして、春陽は続けた。

「でも……一番許せないのは、わたしなの……」

あまりにも利己的で、人としてもどうかと思う。兄や雨の気持ちより、朝野煙火を守りたいという気持ちを優先し、困難な状況下にある雨に、追い打ちをかけるようなことを言ってしまった。

　本当は彼らの結婚に反対する権利など、一ミリだってないというのに。

「だったら、今からでも――」

　司は穏やかに改善策を口にしようとしてくれる。春陽は首を振った。

「もう遅いよ。合わせる顔なんてない」

　司はふと、苦しそうな顔をした。

「雨ちゃん、桜まつりの頃に視覚を失うんだ」

　春陽は驚いて彼を見る。

「え、時期が分かってるの⁉　でも、そんな病気……」

「どうやら病気じゃないらしい」

「どういうこと？」

「分からない。でも視覚を失ったら、次はきっと聴覚も……。だから、伝えたいことは今伝えた方がいい。雨ちゃんと意思の疎通ができるうちに」

　なんてことだ。雨の事情は、どうやら、春陽が想像していた以上にひどいものだったのか。春陽は青ざめ、さらに強く両手を握りしめた。

3

仕事に向かうため、太陽が玄関で靴(くつ)を履(は)いていると、

「できるよ、きっと」

背後から、雨がそっと言った。振り返ると、静かな微笑を浮かべている。

「伝えられるよ。お母さんに、太陽君の気持ち」

優しい彼女のことだから、太陽が落ち込んでいるのが分かったのだろう。せっかく、かなり特殊な状況下とはいえ、死に別れた母親が近くにいるというのに、親子の交流が持てないのだ。聞いてほしいこと、訊きたいことが山ほどあるのに。太陽はこの状況がもどかしくて仕方がなかった。

日下から聞いた天のルールは厳しい。改めて自分は無力だと思う。

「……そうかな」

自信のなさが声にも、表情にも出てしまった。体裁(ていさい)が悪くて急いで雨に背中を向けて立ち上がる。すると、

「できる！　だからほら、しっかりして！」

雨が、太陽の背中を思い切り叩いた。

「痛ぁぁ〰〰」

太陽は悶絶(もんぜつ)し前かがみになる。

「そんな痛かった？　ごめん、力加減できなくて」

雨が慌てている。確かにとんでもなく痛かったが、太陽は彼女の気持ちが嬉しくて、思わず笑っていた。

「痛い……でも元気出た」

雨が微笑(ほほえ)む。太陽は背中を伸ばした。

「ありがとう、雨。じゃあ、行ってきます」

「行ってらっしゃい」

雨は花のような笑みを浮かべて、太陽を送り出してくれた。


晴れ渡った空から陽光が降り注いでいる。日下はこの日、一人で、長崎市立美術館を訪れていた。

中には入らず建物を見上げていると、

「……日下さん」

背後に現れた千秋が声をかけてきた。

「美術館が、どうかしましたか？」

「いえ……二人があなたの正体に気づきました」

千秋が青ざめる。

「どうして⁉」

「旦那さんが、ご実家から写真を取り寄せたようです」

彼女が実の息子の案内人を引き受けることができたのは、太陽が母親の顔を朧げにしか憶えていないことに加え、写真もすべて燃やされていたからだ。

「どうするおつもりで？」

動揺している千秋に、日下は淡々と訊く。

「このまま案内人としての役目を全うするか。はたまた、自ら母であることを告げて月明かりに溶けて消えるか」

白く美しい顔に苦悩が浮かぶ。千秋は黙り込み、必死に考えている様子だった。

太陽はこの日、いつも休憩をとる貯水槽近くのベンチに座り、深呼吸をした。朝、雨が背中を叩いて勇気づけてくれたのだ。きっとできる。きっと……気持ちを伝えられる。

ひとつ深呼吸をしてから、名前を呼んだ。

「……千秋さん」

すると、すぐに千秋が現れた。彼女も太陽と同じように緊張した面持ちだ。

「どうしたの?」

「えっと、その……今休憩中で。話し相手になってもらおうかなって思って。すみません……」

「謝ることないわ」

千秋は緊張を解いた様子で、隣に座った。一方で、太陽の方はさらに緊張が増す。心臓の音が聞こえてしまうような気がして、咄嗟に横へとずれて距離を空けた。

「す、すみません……」

千秋はくすりと笑った。

「さっきから謝ってばっかり」

「すみません……あ、いや、ごめんなさい」

どうにもうまく話せる気がしない。太陽はいたたまれなくなって顔を伏せた。すると千秋は、ふふっと小さく笑った。

「じゃあ質問。太陽君のこれまでの人生を教えてほしいな」

太陽はその質問に驚いたものの、渡りに船とばかり、すぐに話しだした。

「普通の人生です。子供の頃からここによく入り浸っていました。俺もいつか花火師になりたいなぁって思いながら。でも……」

このことは、まず伝えたい気がしていた。

「赤い色が見えないことが分かって諦めたんです」

　母が亡くなったのは、太陽が五歳の時だ。だから、まだ、そのことは知らなかっただろう。昔は小学校で色覚検査が行われていたようだが、太陽が該当の学年になる前に、学校検診の必須項目ではなくなった。そのため、太陽自身も自分の色覚異常に気づくのが遅れたのだ。

「落ち込みました。もうこれで母さんとの約束は叶えられないんだって。それを支えに生きてきたから……」

　千秋は黙って耳を傾けてくれている。

「けど、高校で雨と出逢って、もう一度頑張ろうって思ったんです。俺の花火で幸せにしたいって。だから俺の人生は、雨と――」

　太陽はあえて、千秋の顔を見ずに言った。

「母さんのおかげで今があるんです……」

「そっか……」

　千秋が吐息のように呟く。太陽は、

「千秋さん、お願いしていいですか？」

　意を決し、彼女の顔を見た。

「天国があるか分からないけど……もしそこで偶然……偶然、俺の母さんに会ったら、伝えてほしいんです」

我慢していたはずだったが、涙が溢（あふ）れてきた。それでも太陽は言った。

「ごめんなさい……俺のせいで火事に巻き込んで、ごめんなさいって」

千秋はじっと見つめている。睫毛（まつげ）が細かく震えているが、涙を見せまいとしてか、まばたきもせずに太陽を見ている。やがて彼女は、抑えた声音（こわね）で言った。

「……分かった。伝えるわ」

「すみません。変なお願いして」

「ううん。じゃあ、わたしもいいかしら」

「え？」

「……見たい景色があるの」

4

太陽が仕事に出かけた後、雨はいつものように掃除（そうじ）と洗濯（せんたく）に取り掛かった。触覚がないため、前ほど思うように体は動かせない。それでもできる範囲でがんばっていたのだが、この日は、掃除の途中でソファに座り込み、ぼんやりとしてしまった。

窓の外から、鳥の声が聞こえる。腕時計を見れば、確実に減り続ける数字が否応（いやおう）なく目に入る。恐る恐る、両耳を塞いでみる。途端、鳥の声は聞こえなくなった。目も、閉じてみる。音も、光も、自分の存在すらも感じられない世界。唐突に恐怖を感じ、目を開いた。

「日下さん……」

喪服姿の案内人は、すぐに現れる。

「五感が全部なくなっても、日下さんたちは傍にいてくれるんですか？」

「いいえ。奇跡が終われば、我々はいなくなります」

答えは分かっていたはずだ。それなのに、雨は絶望した。いつの間にか……案内人の彼らは、雨にとって、心の支えになっていたのだ。その支えまでも、失ってしまうなんて。

たまらず俯き、

「……お願いがあります」

絞り出すような声で懇願した。

「耐えられません……真っ暗な中で、独りでずっと生きてゆくなんて……絶対無理……だから――」

雨は顔を上げ、必死に日下を見た。

「わたしのこと、死なせてください」

日下は、しばらくの間無言だった。長い前髪の下から、仄暗い瞳が雨を見た。

「我々は奇跡を見届けるだけの存在です」

「しかし気持ちは分かります。私もかつて、あなたと同じように思ったことがある」

思いがけず、日下が自分の話をしたので、雨はびっくりした。

「日下さんも、昔は普通の人だったんですか？」

「ええ。一九五三年に東京で生まれました」

「随分、昔……どんな人だったんですか？」

「映画が好きで、脚本家を目指していたんです」

雨は思わず、ふっと微笑んだ。

「ごめんなさい。今の日下さんと違いすぎて」

日下も頭を振って微笑む。一見、感情の変化に乏しいような日下が微笑むところを見ると、雨は、なんだか得をした気分になるのだ。それで随分と気持ちが落ち着いた。さっきまで、死なせてほしいとさえ思っていたのに。

日下は微笑みを引っ込めたが、いつもの淡々とした口調で話してくれる。

「厳格な父のもとを飛び出し、下宿で脚本を書いては映画会社に持ち込んでいました。夢は叶わなかったけど、楽しい日々でした。そんな中、ある女性と出逢いました。画家を目指していた、白石小夜子さんという女性です」

「日下さんの初恋の人？」

なぜか、雨はそう思った。彼女の名前を口にした時、日下の瞳が少し揺らいだように見えたから。はたして彼は、

「はい……」

と認めた。

「今思えば、あの夏が人生で一番幸せな時間でした」

西日が日下の顔を寂しげに照らしている。

「しかし二十歳(はたち)のとき、彼女は事故に遭(あ)って瀕死(ひんし)の重傷を負いました。その報せを受け、私は病院に向かった。そこに、喪服姿の男が現れたんです」

雨は、はっとして息を止めた。

「それって……?」

「案内人です」

抑揚(よくよう)のない声で日下は答えた。

自分は奇跡を見届けるだけの案内人であり、対象となる人間たちとは一定の距離を保たなければならない。日下が肝(きも)に銘(めい)じていることだ。しかし、逢原(あいはら)雨と接していると、しばしば、その決意が揺らぐことがあった。千秋に注意を促しながら、本当は自分自身を戒(いまし)めていたのだ。

それでも今、彼女に自分の話をしたいと思う。雨に対し、完璧（かんぺき）な案内人に徹することができないのは、彼女が、かつての自分を思い出させるからだ。

死なせてほしいと、雨は言った。

昔……そう、だいぶ昔の自分もそうだった。

目を閉じれば、あの輝かしい日々を容易に思い出すことができる。美しい夏の白い光の中、手を繋（つな）いで歩いた自分と……小夜子の姿を。幸せで、目に映るものすべてが輝いて見えたあの頃。

日下は静かな声で、雨に過去を語り始めた。

小夜子が運び込まれた病院に現れた喪服姿の男は、日下に言った。

「白石小夜子は命こそ助かるが、生涯（しょうがい）動くことはできないだろう。でも君が奇跡を受け入れれば、彼女を助けることができる」

男が提示した奇跡とは、小夜子が負った怪我（けが）を、日下が代わりに引き受けるというものだった。

当然、迷う気持ちはあったが、小夜子を想う気持ちに比べれば小さなものだった。

日下は、彼女に、画家になる夢を叶えてほしかった。そして信じた。何があっても、変わらず日下を想ってくれると。

しかし――日下を待ち受けていたのは、想像を絶するほど苦しい日々だった。

奇跡を受け入れた日下は、指先ひとつ、自分の意思で動かすことはできない身体になっていた。日下はただ、自宅の天井をぼんやりと見つめていた。するとそこへ、看護師が訪問でやってきた。彼女は、小夜子からの手紙を携えていた。

後遺症もなく目覚めた小夜子は、日下の窮状を知り、姿を消した。手紙には、こうしたためられていた。

『私は画家になりたい。だからあなたを支えることはできない』

それから二十年。白石小夜子の宿命を肩代わりした日下は、夢も恋人も失い、ただ一人、孤独に生きた。奇跡を受け入れた人生には、小さな希望のかけらさえ、残されてはいなかった。

束の間、過去へ思いを馳せていた日下は、はっとして目の前にいる雨を見た。彼女は俯いて、身動ぎひとつしない。

「変な話をしました。忘れてください」

日下の話は、雨に希望を与えるものではない。いや、さらに絶望の淵へと追いやるようなものだ。日下は今さらのように、彼女の様子が心配になる。はたして雨は、俯いたまま、ぽつりと呟いた。

「やっぱりないんですね。奇跡の先に、希望なんて」

5

太陽が鍋の蓋を開けると、白い湯気が立ち上った。美味しそうなもつ鍋がぐつぐつ煮えている。

太陽は父と妹に家族で食事をしようと提案した。それから張り切って買い物にも出かけ、春陽とふたりで夕食の準備をして、今、鍋を囲んでいる。

「いただきまーす！」

やっと春陽の笑顔を見ることができた。陽平も一杯やりながら、嬉しそうだ。

「久しぶりだな。こういうの」

「しかも、おにいのおごり。どういう風の吹き回し？」

「それは……」

太陽はそこで言い淀み、部屋の隅をみやった。そこには喪服姿の千秋が、静かに立っている。もちろん、その姿が見えるのは、この家の中では太陽だけだ。

「たまには家族団らんもいいかなって思って」

千秋が見たい景色とは、家族団らんだった。

陽平がしみじみとした様子で同意する。

「ああ、そうだな」

「てか、家族みんなで集まるのって久しぶりだよね」

「……あと一人」

太陽は、思い切って言った。

「母さんもここに呼ぼう」

「何それ？　イタコ的なこと？」

春陽が目を丸くする。

太陽は立ち上がり、陽平の隣の椅子(いす)を引いた。鍋の具材を皿に注いで、その席の前に置く。

「これ、母さんの分」

太陽の言葉に陽平や春陽は、ふと真剣な顔になる。しかし、千秋が……いや、母が家族団らんを見たいと言ったときから、太陽は決めていた。その団らんに、母も参加してもらおうと。太陽は席に戻って、「食べよう食べよう」と父と妹にそう促す。

太陽は、部屋の隅に遠慮(えんりょ)がちに佇(たたず)んでいる千秋を見た。陽平や春陽にバレないように、「こっちへ」と目配せをする。

千秋は恐る恐るといった様子で、こちらへ近づいてくると、陽平の隣にそっと座った。

陽平も、春陽も、太陽が始めたことに最初は面食らったようだったが、異は唱えなかった。具材が煮え頃だったので、すぐに食欲旺盛な春陽がいつものように箸を動かした。

「おい春陽！　モツばっかり取るなって！」

太陽の牽制など、この妹には少しも効かない。

「なかなか帰ってこないヤツはニラでもしゃぶってなよ」

「はぁ？　俺が食材買ったんだけど？」

「おいおい、お前らケンカするなって」

食卓にはぽんぽんと会話が飛び交う。太陽も、陽平も、春陽も笑顔だ。思えば、ずっとこうやって暮らしてきた。三人を見つめる千秋の瞳から涙があふれる。我慢しようとしたのか、顔を歪めて、嗚咽を漏らし、肩を震わせている。

当然、太陽はその様子にすぐに気づいた。胸が痛くて、誰もいないはずの席のあたりを見てしまう。そんな太陽のことを、鍋の湯気越しに陽平が見ていた。


食後、すっかり空になった鍋の向こうの空席を見て、春陽が呟いた。

「来てるかなぁ、お母さん」

太陽は、ふっと微笑む。

「来てるよ、きっと」

陽平も隣の席を見ていた。太陽が見たことがないほど、切ない視線だった。

「春陽、コンビニ行こうぜ」

太陽はさっと席を立つ。

「なんで？」

「アイスおごってやるから。ほら、な？」

と、陽平をちらっと見る。春陽は兄の視線と意図を察してくれたようだ。

「じゃあ十個ね！　おとう、行ってくる」

「ああ……」

太陽は春陽と連れ立って外に出た。


子どもたちが慌ただしく出かけていった時も、千秋はまだテーブルに着いていた。陽平と並んで座っているが、当然、彼には見えていない。

家族団らんが見たいと太陽に言った。息子はその日のうちに、こうして叶えてくれた。

千秋は思い出していた。まだ太陽が幼くて、春陽はベビーベッドの中だったが、家族四人で幸福な夕食のひとときを過ごした。太陽は千秋が作ったハンバーグを、

「世界で一番美味しい！」

と言ってくれた。陽平も同意して笑い、ベビーベッドの中の春陽もご機嫌な様子で笑っていた。いつものように晩酌をして、陽平が千秋のグラスにビールを――。

「明日香」

千秋は、はっとして硬直した。隣に座る陽平が、音を立てて缶ビールのプルトップを開けた。

「そこにいるのか?」

千秋は驚き、咄嗟に隣に座る陽平を見る。陽平の視線は正面に向けられたままだ。千秋が見えているわけではない。それでも千秋は頬を緩め、

「……いるよ」

と返事をした。

陽平は、バカバカしい、と苦笑いをしてビールを飲む。しかし、不意に真剣な表情になって、正面を見たまま呟いた。

「この二十年、いつも考えてたよ……俺と出逢わなきゃ、お前は死ななかったのかなって……」

千秋は胸を衝かれ、食い入るように陽平の横顔を見つめる。

「今もどっかで幸せに、笑って暮らしていたのかなって」

視界が煙る。溢れ出した涙が、千秋の頬を伝う。

「申し訳ないって……いつも思ってた」

千秋は必死に首を振る。そんな風に思わないでほしい。千秋は不幸ではなかった。いやむしろ、誰よりも幸せな日々を、陽平と共に過ごしたのだから。

見れば、陽平の瞳にも涙が溢れている。

「だけどな、やっぱり俺は思っちまうんだ。明日香と生きることができてよかった……」

同じだ。同じことを、この人も思ってくれていた。明日香は震える唇に手を当てて、隣に座る陽平を見る。

「俺は……幸せ者だ」

陽平はそう言ってくれた。さらに。

「ありがとな、明日香。太陽を、朝野煙火を守ってくれて。あのときの雨は、お前が降らしてくれたんだよな。あの火事を消すために……俺はそう信じてる」

千秋も思い出した。自分が死んだときのことを。そうだ。人は死ぬと一度だけ、雨を降らせることができる。明日香が天に願って降らせた雨は、朝野煙火工業を包んでいた業火を消した。燃え盛る小屋と、地面に横たわる太陽を濡らし、火の手から守った。

「ありがとう。あの日の約束、守ってくれて……」

陽平がどの約束のことを言っているのか、千秋にはすぐに分かった。

千秋が、陽平に、「今ってどのくらいだと思うか」と訊ねたあの日にした約束のことだ。

陽平は、花火が打ち上がって花を咲かせる十秒間だと答えた。ベンチに並んで座り、ふたりで見上げた空は明るく、春を予感させる優しい陽射しが降り注いでいた。そのとき、陽平が言った。

お腹の子の名前を、春陽にしないか、と。

『今日みたいなぽかぽか陽気の幸せな日が、これからも、ずっとずっと続くように』

可愛(かわい)い名前だと、千秋もすぐに賛成した。お腹に手を当てて、春陽、と優しく呼びかけた。すると陽平は言った。

『守っていこうな』

砂場で遊ぶ太陽を見て、それから、お腹の春陽に微笑みかけて。

『太陽と、春陽の幸せな今を……俺とお前で』

千秋はうん、と答えた。

守る。何があっても、子どもたちの幸福な今を――。

太陽が春陽と家に戻ったとき、千秋の姿はすでにリビングにはなかった。春陽はアイスを食べたあと、ソファで眠りこけている。太陽は夕食の後片付けを終え、陽平に言った。

「じゃあ、そろそろ帰るよ」

ずっと黙って座っていた陽平が、顔を上げる。

「前に訊いたな。俺の人生で一番大切だった十秒間」

「うん」

「きっと明日香と出逢ったときだ」

きっぱりと父は言う。

「あの最初の十秒間がなければ、今はないからな」

「最初の十秒間……」

呟くと、頭の中に鮮やかなイメージが浮かんだ。太陽は笑う。

「俺、分かった気がしたよ。作りたい花火」

そうか、と陽平も嬉しそうに破顔(はがん)した。

朝野家からは姿を消した千秋だったが、太陽が夜道を帰っていると、いつの間にか横に並んだ。

「ねぇ、知ってる？　人って、誰もが心にキャンドルを持ってるの」

囁(ささや)くように、そんなことを言う。

「キャンドル？」

「そこには希望の光が灯っていて、その光を消さないように、大切に、誰かと分け合いながら生きてゆくのが人生なんだって」

千秋の横顔は穏やかで、とても優しい。

「この二十年、いつも願ってた。もう一度会いたいって。けど、叶うことはなかった。希望もとっくに消えていた。だけど……」

千秋は立ち止まり、太陽に向き直ると、微笑を浮かべたまま言う。

「灯してくれて、ありがとう」

天に決められた禁忌を破り、母子と名乗りあったわけではない。太陽は千秋を母とは呼ばず、千秋も太陽を息子だとは言っていない。

でも今夜、確かめあうことができたのだ。長年、互いの胸にしまいこんでいた、家族の絆を。気持ちを。きっと伝えられると背中を押してくれたのは、雨だった。

「雨ちゃんにも分けてあげて」

千秋が、そっと言う。

「彼女、五感をなくしたあとの人生に怯えているの。希望はないって。だから、お願い」

千秋の眼差しは、まるで祈るようだった。

「雨ちゃんの心にも、灯してあげてほしい」

6

雨は家の中で、ぼんやりとキャンドルの灯火を見つめていた。電気を点けていないから、ただひとつきりの灯火が、居間を照らしている。その光は弱く、今にも消えてしまいそうだった。

そこへ、太陽が帰宅した。大きな紙袋を手にしている。

「おかえり。なあに、それ」

極力明るい声で訊くと、太陽ははっきりとした声で答えた。

「これ？　これは希望だよ」

「希望？」

太陽は雨の隣に腰を下ろし、袋からキャンドルをいくつも出してテーブルに並べる。色とりどりで、大小違う大きさのものが、テーブルを埋め尽くす。

「帰りに買ってきたんだ。たくさん欲しくて色々回って」

雨はすぐにピンときた。

「……もしかして、千秋さんに？」

「うん」

「心配させちゃったかな。変なこと言って」

雨は申し訳ない気持ちでいっぱいになった。千秋にも、太陽にも。特に千秋は、奇跡が始まった最初から、案内人として雨に寄り添ってくれているから……無意識のうちに、弱音を吐いたり、本心をさらけ出している。日下に対してもだ。でも太陽には、どうしても、遠慮をしてしまう。彼を困らせたくない。雨のことで、苦しんでほしくない。しかし考えてみれば、もしも逆の立場だったら、雨は太陽に、弱音でもなんでもいいから、伝えてほしいだろう。困らせてほしいし、一緒に苦しみを背負いたいと思うだろう。

太陽は千秋から雨のことを聞いて、こんなにたくさんのキャンドルを買い込んできてくれた。

今、雨ができるのは、ただ、素直になること。

「……つい考えちゃうの。五感がなくなったら、わたしの希望もなくなるんだなぁって」

「俺が灯すよ」

太陽はすぐにそう言った。

「雨の五感、俺が必ず取り戻すから」

雨は少しぼんやりする。五感を取り戻すなんて、できるはずがないのに……。しかし太陽は本気で言っているようだ。瞳には一切の迷いがなかった。

「今の科学ってすごいんだ。そう遠くない未来に味覚や視覚を共有することだってできるかもしれないって」

「でも……」

「科学がダメなら医学でもいい。俺、日本中の、ううん、世界中の病院を回って探す。雨の五感を取り戻す方法」

太陽はテーブルの上のライターを取り、キャンドルのひとつに火を点けた。

「それでいつか届ける。雨に音を」

柔らかな光が広がる。

「そのとき、バカバカしい一発ギャグとかモノマネとか、なんでもするから笑ってよ。愛想笑いでいいからさ」

「太陽君……」

「景色も届けるよ」

と、太陽は、次のキャンドルに火を点けた。

「だからいつか見に行こ。ハワイの海とか、ピラミッドとか、エッフェル塔とか、世界中の綺麗(きれい)な景色を」

キャンドルの光が、雨の心も優しく照らす。雨は思わず微笑(ほほえ)んだ。

「それに、触覚だって」

太陽は次のキャンドルに火を点けてから、雨の手を取る。

「いつか必ず」

雨は感覚のない手で、太陽の手を握り返した。

「……また感じられるかなぁ。太陽君のこの手」

「もちろん」

次々に増えたキャンドルの灯火が、部屋の中を確実に明るくしている。それ以上に、太陽の笑顔が雨の心を明るく照らす。

「俺さ、いつか見たい景色があるんだ」

「見たい景色？」

「東京に大人気のパティスリーがあってね。そこは店内で飲食もできて、内装とかも可愛(かわい)くて、毎日行列がすごいんだ。そこに行って、スイーツを山ほど食べたい。タルトとかチーズケーキとか、あとマカロンも。それで、お腹いっぱいになったら、挨拶(あいさつ)に来てくれたパティシエにお礼を言うんだ。『最高のスイーツでした！』って。そうしたら――」

雨は息を止めた。太陽の目に、涙が浮かんでいる。その目で雨をじっと見つめて、彼は言った。

「君は嬉しそうに笑うんだ」

雨は言葉をなくし、彼の、涙で濡れた瞳を見つめ返す。太陽は、笑ってくれている。

「それで言うんだ。『そうでしょ？　どれもわたしの最高傑作(けっさく)だもん』って。パティシエの制服を着た雨が」

　太陽はライターを雨に差し出す。

「いつかまた食べさせてよ。雨の最高傑作」

　味覚を失う直前に、太陽にマカロンを作って贈った。人生最後の最高傑作だと言って。

「じゃあ――」

　雨はライターを受け取り、自らキャンドルに火を灯した。

「いつか更新してやるか。わたしの最高傑作」

　いくつものキャンドルの光が、部屋を彩っている。明るいだけではない。柔らかで、優しく、どこまでもどこまでも、広がっていきそうな尊(とうと)い光だ。

「こんなにあったんだね」

　雨は、呟(つぶや)いていた。

「わたしの希望」

　太陽も嬉しそうに微笑んでいる。

　このたくさんの光が、今は何より愛(いと)おしかった。風が吹いても、きっと、消えることはない。なぜなら――。

　君がくれた希望だから。

7

　早朝、日下は雨と共に海を臨む公園に来ていた。朝日が世界を染めようとしている。その美しさは、時を経ても変わらない。

　雨は凛(りん)とした横顔を見せて、海を眺めながら言った。

「昨日、彼が言ってくれたんです。雨には希望があるよって。でも分かってます。またパティシエになるなんてきっと無理。人生そんなに甘くないから」

　雨は晴れやかな笑顔を浮かべている。つい昨日、死なせてほしいと懇願(こんがん)した女性とは別人のようだ。

「それでも、いっこだけ見たい景色ができました」

「……どんな景色を？」

　海の向こうから顔を出した太陽が、光を放つ。

「太陽君が幸せに暮らす未来です」

　雨ははっきりとそう言った。

「彼がうんと立派な花火師になって、誰かと結婚して、笑顔で暮らす未来を、遠くから、ほんのちょっとでいいから見たいなぁって」

日下には理解できなかった。

「悔しくないんですか？　そこにあなたがいないことが」

「そりゃ悔しいです。めちゃめちゃ悔しい。それでも——好きな人の幸せな未来なら」

朝日が雨の顔を優しく染めている。今まで見たどんなときの彼女よりも、美しかった。

「だから生きます」

雨は言う。

「諦めない。その希望を叶えるまで、生きて、生きて、生きまくってやる」

その瞳に、かつてないほどの強い光が宿る。

「奇跡なんかに絶対負けない」

吹き付けてくる風の音を蹴散らすほどの強い響きで、彼女はそう宣言した。

日下はその後、再び長崎市立美術館を訪れた。しばらくの間、緊張した面持ちでガラス張りのエントランスを見上げていたが、一歩を踏み出す。

そのまま、まばらな客たちの間を滑るように移動し、とある展示室に入った。

そして、その一角に飾られてある絵画の元へ向かう。

長崎の風景を描いた作品だ。その下には、『長崎の旅（1983年・作）』とある。作者名は、『白石小夜子（1953～2013）』。

その絵と同じ並びには、かつて愛した女性の作品がいくつも展示されている。日下は一枚一枚、絵画を見て歩いた。

ふと、一枚の絵の前で足を止めた。

日下の瞳に、涙が溢れる——。

それは、夏の公園を歩く男女の後ろ姿の絵画だった。

絵の下に記された作品名は、『ごめんなさい（2013年・遺作）』。

熱いものがこみあげてきて、日下は咄嗟に口元を押さえた。すると、

「日下さん」

背後に千秋が現れた。

「もしかして、あなたが二人を担当したのって……」

「彼女の絵が長崎のこの場所にあることは知っていました。しかし今日まで来ることはできなかった」

「なら、どうして?」

日下は振り返り、困惑した表情の千秋を見る。

「見てみたくなったんです。好きな人の未来を」

そう思えたのは、雨の、今朝の言葉と表情に衝き動かされたからだ。いや、もしかしたら、最初から……雨の言動に、彼女の心に、深く感じるものがあったのかもしれない。

「ずっと希望などないと思っていました。理不尽な奇跡を背負い、苦しいことしかなかった人生だったと。でも、あの日々はこの絵に繋がっていた。そう思うと、ほんの少しだけ報われた気がします」

　ほどけてゆく——二十年、ただ、天井を見上げ、人の世話になりながら、不実なかつての恋人を恨めしく思い、またそう思う自分こそが疎ましかった、あの暗黒の日々が。今朝方見た、鮮烈な朝一番の太陽の光、雨の強い眼差し……そして今、この一枚の絵の中に再現されている、確かな心と、彼女の息遣い……それらが相まって、日下の心に凝っていた冷たい氷を溶かしてゆく。

「僕の人生は、今日のこの瞬間のためにあったのかもしれない」

　日下は自分自身に向かってそう呟いた。

　同日夜、朝野煙火工業の事務所内で待機する太陽は、緊張と高揚感の両方を感じていた。

達夫がにやりと笑う。

「いよいよ審査だな、ピーカン」

　純と竜一が口々に励ましてくれる。

「この一ヶ月、頑張ってきたんだ。大丈夫さ」

「桜まつりでどーん、とぶち上げようぜ」

そこへ雄星が駆け込んでくる。

「八木(やぎ)会長がいらっしゃいました！」

太陽は立ち上がると、一同を見回し力強く頷(うなず)く。

「俺からも、ひと言いいか？」

陽平は咳払(せきばら)いをする。そして、声を張り上げた。

「気合入れて夢摑(つか)んでこい！　でくの坊！」

太陽は思わず呆(あき)れて父親を見る。

「俺のセリフ……」

一同が、どっと笑った。そのさなか、初老の男性が入ってくる。長崎花火協会の会長、八木駿夫(はやお)だ。彼は言った。

「さっそく見せてくれるかな。太陽君の花火を」

間に合った……間に合わせた。最初は無理だと思えたのに、糸口をつかんでからは、かつてないほどに集中し、完成させた。

一番大切な〝今〟を……十秒間を再現した、最初で最後の、最高の花火を。

「はい！」

太陽は魂を込めて、返事をした。

その頃雨は、神社の拝殿で手を合わせていた。さまざまな思いが駆け巡るが、願うのはたったひとつ。

太陽の成功と、そして、いつか絶対に、彼が幸せに暮らす未来を見るということ。

腕時計は、視覚消失まで残り一週間を示していた。

第十話　人生いちばんの笑顔で

1

家で待っているのが一番いいと、雨にも分かっている。時刻はもうすぐ夜の十一時だ。

それでも、じっと待っていることはできなかった。

雨は矢も盾もたまらず外に出て、はやる心を抑えながら、彼を待った。

自分でも、緊張していることが分かる。触覚がないため寒さは感じなかったが、手のひらに汗をかいているのは確認できた。もしかしたら、昔レーヴで面接してもらった時と同じくらい、ドキドキしている。

ようやく太陽が帰ってきたときには、緊張は最高潮に達していた。

「雨……？」

雨は早口に言った。

「結果は帰ってきたらって自分で言ったくせに、気になっちゃって……」

太陽の花火が、長崎花火協会の会長に気に入ってもらえたかどうか。

「審査、どうだった……？」

　太陽の表情が曇る。ダメだったんだ……あんなにがんばっていたのに。彼の花火を見られる最初で最後の機会だったのに。さまざまな思いが駆け巡り、雨は唇を噛(か)んだ。しかし、

「受かったよ！」

　太陽が笑顔と共にそう言った。

「ほ、ほんと……？」

「うん、合格！　桜まつりで花火、上げてもいいって！　トップバッターが父さんで、その次！　二発目に！」

　雨は咄嗟(とっさ)に俯(うつむ)いてしまった。

「雨？　どうしたの？」

「……やったぁ――！」

　杖(つえ)を放り出し、太陽に抱きつく。緊張していた分、喜びが体の奥底から湧き上がって、飛び跳ねたいくらい、嬉しい。

「やったやった！　おめでとう！　太陽君！」

　太陽の顔も輝いている。

「これでやっと見てもらえるね。俺の花火」

「だね！　どんな花火にしたの？」

「それは当日までのお楽しみ」

「えー、知りたい。ヒントは?」

「そうだなぁ……俺の人生で一番大切だった十秒間かな」

「ヒントが難しいよ」

雨は笑う。太陽のことが誇らしくて仕方がない。彼はとうとう、夢を叶えるのだ。同時に雨との約束も叶えてくれる。

十年後の約束を、昔、海が見える公園でした。

『俺の作った花火、見てほしいんだ』

太陽は真剣な顔でそう言った。

だから。雨の人生で一番大切な十秒間は、きっとこれからだ。あの日の約束が叶うとき、その十秒間を、心と記憶に刻み込むことができる。

「帰ろ、雨」

太陽が手を差し出してくれる。

「うん!」

雨は笑顔でうなずき、その手を握った。

約束の花火が打ち上がったとき、雨は改めて、心を込めて彼に伝えたい。

ありがとう、太陽君——と。

人生いちばんの笑顔で。

雨の腕時計の数字は、視覚消失まで一週間を示している。タイムリミットは、もうそこまで迫っているのだ。それでも雨は嬉しくて、ただただ幸福で、手をつないだ太陽にそっと体を寄せるようにした。

三月二十四日、長崎桜まつりの日は、快晴だった。青空がどこまでも広がり、明るい陽射しが長崎の街や海に降り注いでいる。

印半纏姿の陽平が花火師たちに活を入れた。

「今夜の花火は三社合同で打ち上げる。でも長崎はうちのシマだ。ナメられるなよ」

「おお！」

太陽もかつてないほどの気合が入っている。万感の思いで、心血を注いで作り上げた花火玉を見つめた。

「ピーカン、今夜この玉を打ち上げるんだよな？」

竜一に確認され、強く頷く。

「はい」と。

「で、どうだ？　自信のほどは？」

達夫に訊かれ、即答する。

「俺の最高傑作です！」

一同が、「お〜！」と声を上げた。陽平や春陽も満足そうに笑っている。


「いよいよ桜まつりね」

雨の傍らに現れた千秋が、感慨深そうに言った。

「千秋さんも見ますよね？　太陽君の花火」

「もちろん」

雨はふふっと笑う。

「前に言ってくれましたよね。人はいつだって想い出を作ることができるって」

「うん……」

「あの言葉があったから、今日があるって思っています。千秋さんが変えてくれたんです。わたしの心を」

奇跡を背負い、何度も心が折れそうになった。何度も絶望し、泣いて、泣いて、すべてのことを諦めようとした。その度、千秋や日下が雨を勇気づける言葉をくれた。

今では雨は、彼らのことが本当に好きだ。特に千秋は、この世で一番大切な太陽の母親でもある。しかし、その事実を抜きにしても、彼女は、雨にとって特別な存在になっていた。

「わたし、千秋さんに出逢(であ)えてよかった……」

「わたしも。雨ちゃんに逢えて本当によかった」

顔を見合わせて、互いに微笑(ほほえ)み合う。つかの間の、平和で幸福な時間だった。

2

雨の視覚は、今夜八時ちょうどに失われる。花火を見る前に、視覚を失う前に、雨には、どうしてもすませておきたいことがあった。

母に会いに行くのだ。

母が入院している病院まで、ひとりで行くのは難しいので、結局また、司(つかさ)に頼むことになった。司は喜んで車を出してくれた。

道は比較的空(す)いていて、途中でサービスエリアに入った。人もまばらなカフェテリアで少し休憩をとることにする。雨はペットボトルの水を一口飲み、司に頭を下げた。

「いつも助けてもらってすみません。今日もお休みなのに」

司は優しく笑って首を振る。

「謝らないで。僕がしたかったんだよ。雨ちゃんが見たいものを見に行く、その手伝い」

「ありがとうございます。でも信じてくれないと思ってました。今日の夜八時に、目が見えなくなること……」

腕時計を確認する。表示は『00:07:45:15』。視覚消失まで八時間を切っている。思わず顔が曇ってしまったが、司はそんな雨を勇気づけようとしてか、明るい声音で言った。

「太陽君、合格してよかったね。今夜の花火、一緒に見られるんでしょ？　どこで見るの？」

「海浜公園で。七時からだから、六時半に現地で」

「なら余裕で間に合うね」

カフェテリアの時計は十二時すぎを指している。

「そろそろ行こうか。車に戻ろう」

「はい……」

雨は頷き、立ち上がった。触覚はないが、自分の胸が高鳴っていることは分かる。同時に拭いきれない不安や苦しみがインクの染みのように広がっている。今まで、味覚、嗅覚、触覚と失ってきた。それらを、無意識のうちに視覚で補っていたのだ。朝夕の冷たい空気も。早春の陽射しの暖かさも。本当に目が見えなくなってしまったら、どうなってしまうのか。雨はそんな思いで、司の車に再び乗り込んだ。

母の姿は、以前ここに来たときと同様に、中庭のベンチにあった。

あのときは、ばあちゃんも一緒だったな……。

つい先日のことなのに、あれから、状況はものすごく変わってしまった。

寂しさを胸にしまいこんで声をかけると、霞美は驚いた様子でこちらを見た。

「──お母さん」

「雨？　どうしたの急に──え？　その杖……」

そうか。母に、杖をつく姿を見せるのは初めてだ。

「触覚、なくなっちゃって」

霞美は青ざめ、目を大きく見開いた。

「触覚が……!?」

「それに、もうすぐ目も見えなくなるの……」

霞美の驚き方は、雪乃とまるで同じだ。驚いて、苦しみと悲しみが入り交ざったような顔になる。そこにあるのは、肉親に対する確かな気持ち……。雨は泣きそうになりながら、笑顔を浮かべてみせた。

「だから会いに来た。最後に、お母さんに」

霞美はこらえきれない様子で涙を溢れさせる。雨は彼女の隣に腰掛け、そっと、震える肩を優しく撫でた。司は離れた場所から見守ってくれている。

「もぉ、どうして泣くの？」

「だって、知らなかったから……雨の病気がこんなに進んでるなんて」

「だからって泣きすぎだよ」

「ごめんね、雨……お母さん、何もできてないね……雨のために何も」

「――じゃあ、今してもらおうかな」

明るく言うと、霞美は顔を上げて問うように雨を見た。

「笑ってほしい」

じっと、涙で濡れた母の瞳を見つめる。大きな瞳は、雪乃に似ているし、雨にも似ている。不思議な血のつながり、温かさを感じる。

「わたし、お母さんの笑顔が見たい」

霞美は驚いた様子で目を見張った。

「ずっと怒られてばっかりだったから、お母さんを思い出すといつも怖い顔になっちゃうの。でも、最後は――笑ってるお母さんを憶えていたいな」

そうしたら、記憶はきっと塗り替えられる。愛する者の笑顔にはそれだけの力があるのだ。そのことを教えてくれたのは、雪乃だった。雪乃は、祖母は、最期の瞬間まで笑ってくれていたし、雨にも笑うよう言ってくれたのだ。

霞美は今、雨の願いを聞き、必死に笑おうとしてくれている。しかし涙で笑顔が崩れてしまう。肩を震わせて、霞美は言った。

「……ずっと思ってたこと言ってもいい？」

「？　いいよ」

霞美は口を開いたが、結局言い淀み、俯いてしまう。雨は背筋をすっと伸ばし、物々しい声で言った。

「実は、お母さんにひとつ秘密にしてたことがあるの」

問うように顔をあげた母に。

「わたし、魔法使いなの」

「え……？」

雨は母の手をそっと握る。

「イフタフ・ヤー・シムシム」

魔法の呪文。こんな場面で、威力を最大限に発する言葉。

「この魔法にかけられたら、心の扉も開いちゃうの。それに――」

雨はポケットからあるものを出した。それを見た途端、霞美の表情がさらに涙で崩れてしまう。雨粒のワッペンがついたハンカチだ。

「これ、わたしのお守り……。持ってると、勇気が出てくる魔法のハンカチ」

そっと、ハンカチを霞美の手に握らせる。

「だから聞かせて。お母さんの気持ち」

雪乃もこうして、雨の本当の気持ちを聞き出そうとしてくれた。祖母は亡くなったが、雨の中に、ちゃんと生きている。

霞美はハンカチをぎゅっと握った。

「ずっと思ってた……ここに入院して……このワッペンを縫いながら、ずっと……」

母として、それだけはやるという雪乃との約束で、霞美はたくさんの雨粒のワッペンを縫ったのだ。そのことを雨が知ったのも、ついこの間のことだ。

霞美はハンカチを手に、まっすぐに雨を見た。

「こんなこと言う資格ないけど……ちっともないけど」

そう前置きしてから。

「雨。お母さんの子供に生まれてきてくれて、ありがとう」

はっきりとした声で、霞美は言った。雨の頰を、涙が伝い落ちる。霞美はそっと手を伸ばし、その涙を拭ってくれる。かつて幼かった雨を叩いた手には、今では、雪乃と同じ優しさと確かな愛情がこもっている。

そうして、母は笑った。優しかった頃の記憶が鮮やかに蘇り、辛かった日々が遠ざかる。

背中に回された母の手が、そっと雨を抱きしめた。雨も母を抱きしめる。ぬくもりは分からない。それでも雨は、強く強く、母を抱きしめた。

母と別れ、病院の駐車場に司と一緒に戻ってきた。司が微笑んで言う。

「よかったね。お母さんと想い出作れて」

雨は立ち止まった。もうひとつ、どうしても今日中にやっておきたいことがあった。それもあって、彼に同行を頼んだのだ。

「司さん。今まで支えてくれて、ありがとうございます」

深く、頭を下げる。司は目を見張った。

「どうしたの急に？」

「もうすぐ意思の疎通もできなくなるから、その前にちゃんと伝えておこうと思って」

司は笑みを消した。

「五感のこと、初めて相談できたのは司さんでした。好きな人のフリしてもらったり、手紙を届けてくれたり、ばあちゃんのボイスレコーダーも、結婚のことも……感謝しています。わたしの傘になってくれて」

自分のことを傘だと言ったとき、雨は思わずキザだと言ってしまったが、たしかにその通りだと納得した。司は傘のような人。人見知りの雨が、初対面の頃から信頼できたのも、彼が大らかでとことん優しいからだ。

司は再び笑みを浮かべた。

「初めて会ったとき、君はオドオドしてて、自信なさげで、弱々しかったね」

確かにそうだ。あれから、短期間で、本当にいろんなことがあった。

「でも今は全然違う」

司は正面から雨を見つめて、そう言ってくれた。

「普通だったら耐えられないような宿命と闘って、一生懸命恋をして、夢とも向き合った。雪乃さんの願いも叶えた。お母さんと仲直りするって願いを」

司に自分の弱さをさらけ出した日が、昨日のことのように蘇る。

『惨めで……情けなくて……ちょっとでも才能あるかもって思った自分がバカみたいで……。だけど、わたし……それでも、わたし……変わりたくて』

「雨ちゃんは変われたんだね」

司の言葉が胸に染み入って、雨は嬉しくて頬を緩めた。

「あの頃の自分に聞かせてあげたいな……」

心からそう思う。大丈夫だよ、と言ってあげたい。あなたは変われると。

「行こう。太陽君が待ってる」

「はい……！」

ここに来るまで胸の奥底に広がっていた不安は、今、嘘のように消えてなくなっていた。

3

花火大会の開催を知らせる段雷が青空に響く。一足早く会場付近に集まってきた見物人たちが、出店で思い思いに買い物をしている。誰もが笑みを浮かべ、辺りは平和な空気に包まれていた。

筒場（打ち明け会場）では、台船の上で花火師が打ち上げ準備をしている。太陽も必死に手を動かしていた。

その様子を、離れた場所から、千秋と日下は見守っている。

千秋は傍らに立つ日下に言った。

「日下さん、前に美術館であの絵を見たとき、仰っていましたよね。自分の人生は今日この瞬間のためにあったのかもしれないって」

「ええ……」

「今、同じ気持ちです。わたしの人生は、今夜の花火のためにあったんだなぁ……って」

千秋は、額に汗して立ち働く太陽をじっと見つめる。

「あの子の花火を見届けることができたら、もう思い残すことは何もありません」

日下は黙り込み、なにも答えない。しかしそこに佇む雰囲気は、以前よりずっと柔らかなものになっていた。

あっという間に夕方になり、薄闇が周囲に漂い始めた。筒場では準備が着実に進んでいる。テントの下では太陽と純が、無線花火点火機の調整をしていた。海と空の色が変化しているのは、時刻のせいばかりではなさそうだ。

長崎花火協会会長の八木が、顔をしかめて空を見上げている。陽平はそのことにいち早く気づき、八木の側まで行った。

「どうしました?」

「嫌な雲だな……」

分厚い灰色の雲が空を覆っている。昼過ぎまであれほど晴れていたというのに……と、一陣の風がテントを揺らした。

太陽も、もちろん天気の変化に気づいていた。

「マズいですね、この風……」

純も空を見上げる。

「風は花火の天敵だからな」

「俺、テントの足、固定してきます」

できることはなんでもやりたかった。太陽はロープを手に身を屈める——と、そのとき、疾風がテントを崩した。

　ほぼ同時に、傍らの打ち上げ筒が一斉に倒れてくる。

「危ない！」

　雄星（ゆうせい）の声は、打ち上げ筒が倒れる大きな音にかき消された。太陽は、その下敷きになってしまった。


　その頃、雨は不安な気持ちでフロントガラスの向こうを見ていた。赤いテールランプが延々と続いている。司の車は渋滞に巻き込まれてしまったのだ。

「風でトラックが横転したみたいだ……」

　時刻は、もう五時を過ぎている。予定ではとっくに会場に着いている時間だった。

「なんとか脇道に入ろう。急いで戻らないと」

「わたし、太陽君に向こうの状況を訊いてみます」

　しかし、コール音が響くばかりで太陽は電話に出ない。もちろん今頃は、打ち上げ花火の準備の最終調整をしているだろうから、電話どころではないのだろう。

　雨は必死にそう思おうとしたが、拭（ぬぐ）いきれない一抹（いちまつ）の不安に、顔を曇らせた。

　するとそのとき、フロントガラスを雨粒が打った。その雨脚は、だんだんと強まってゆく……。

救急車の音を、どこか遠くに聞いた気がする……あのときと同じだな、と太陽は思った。雨で視界が利かない中、歩行者用信号を見誤ってトラックにはねられた……。確実に気を失っているのに、救急車の音をなんとなく覚えているし、それから……雨の泣きそうな顔を見たような気がする。

いや。自分は生死の境を彷徨っていた。そのときのことは、日下に見せられた映像で知ったのだ。雨がどんなに切羽詰まった状況で、大きな選択を迫られたのか。

今も、雨が泣いている気がする。

どうか泣かないで、と言いたかった。君を幸せにする花火を打ち上げるよ。ほら、もうすぐ……。

そこで目を開いた。

ゆっくりと身体を起こす。ああ、やっぱり病院にいる。あのときと同じように。ぼんやりしていると、雄星が駆け寄ってきた。

「ピーカンさん！　よかった、目が覚めて」

「雄星……俺、どうして？」

「打ち上げ筒の下敷きになって気を失ったんです。でもMRIの結果は問題ないって」

どきりとした。俺は今、こんなところで眠っている場合ではない。

「今、何時だ⁉」

「六時過ぎですけど……」

「六時……行かなきゃ！」

ばっとベッドを飛び降りようとする。

「動いたらダメですって！　今は安静に──」

雄星が押し留めようとするのを、太陽は振り払った。

「雨と待ち合わせしてるんだ！　花火を見に行かないと！」

確かに頭が割れそうに痛い。しかし太陽は必死に頭を押さえ、ベッドから降りた。

「待ってください！」

雄星はまだ太陽を止めようとする。

「なんだよ？」

「実は……」

それから、雄星は信じられないことを口にした。


道を変えても、司の車はまだ渋滞から抜け出せない。雨は助手席でじっと外を見ていた。

フロントガラスを叩く雨がどんどん激しくなってゆく。

そのとき、スマホの着信音がした。咄嗟（とっさ）に自分のスマホを見たが、着信があったのは司のスマホだった。

「もしもし。どうしました、課長。今ですか？　渋滞にはまってて。……え⁉」

司は電話を切ると、強張った表情で雨を見る。

「今、役所から電話があって……この雨で、花火大会が中止になりそうなんだ」

「中止……？」

座っているのに、触覚を失ったときと同じように、雨は突然、何もない空間に放り出されたような気がした。

4

太陽は窓の外を挑むような表情で見つめている。激しい雨が窓ガラスを打ち付けている。

「きっと近いうちに延期されますよ」

雄星の慰めも、なんにもならない。

「今日じゃなきゃダメなんだ……」

太陽は振り返った。

「雄星、頼みがある。戻って親方に伝えてくれ。八時までに花火を上げてほしいって」

雄星は困惑しきった顔になる。無理もない。

「そんなの無理ですって！　もう諦めるしか――」

「目が見えなくなるんだ！」

　太陽は、悲鳴のように叫んだ。

「誰の……？」

「雨の目が、八時ちょうどに」

　雄星はぽかんと口を開けて、驚いた様子で太陽を見ている。太陽は、うめくように言った。

「だから、どうしても俺の花火を見せたいんだ。これが最後のチャンスなんだ。頼む」

　雄星は、すぐに、真剣な表情を浮かべた。

「分かりました！　伝えます！」

　そして、飛ぶような勢いで病室を出ていった。


　雨は絶望的な気持ちで、唇を噛(か)み、俯(うつむ)いていた。腕時計の数字は、視覚消失まで残り一時間半だ。

「あとちょっとだったのに……太陽君の花火、やっと見られると思ったのに」

　隣でハンドルを握る司も悔(くや)しそうだ。雨は絶望を感じながらも、太陽のことを考えた。

　今頃どんな気持ちでいるだろう。彼のことだから、雨以上に、この状況を悲しんでいるだろう。

と、その太陽からスマホに着信があった。雨は飛びつくようにスマホを耳にあてる。

「もしもし⁉　電話出なくて心配してたの！　花火のことも聞いた。中止になるって！」

「今どこ？」

太陽の声は落ち着いている。

「お母さんの病院の帰りで……市内まであとちょっとなんだけど渋滞が……太陽君？」

様子がおかしい。電話の向こうの沈黙に、雨はさまざまなことに考えを巡らせた。すると。

「待ち合わせの場所に来てほしい」

「でも、花火はもう……」

「諦められないよ」

落ち着いた、静かな低い声で、太陽ははっきりと言った。

「ここまできて諦めるなんてできない。絶対にできない。だから信じて来てほしい」

「太陽君……」

でも、と雨は途方に暮れた気持ちで、フロントガラスを濡らす雨を見る。すると彼は言った。

「叶えよ、十年前の約束」

約束——輝く夕日に染まった指を、互いに絡ませた指切りげんまん。あのときの恥ずかしさも、喜びも、夕陽の色も、太陽の指の温かさも、ぜんぶ、はっきりと憶えている。

「雨に花火を見せたいんだ」

変わらぬしっかりとした声で、太陽は言った。

「俺は何があっても諦めない。最後まであがくよ」

雨はスマホをぐっと握りしめた。

「分かった。行く、絶対行く！」

電話を切り、司に向き直る。

「わたし走ります。太陽君に逢いに行きます」

「でも五キロ近くある。花火だって……」

「太陽君はまだ諦めていません。それに——」

雨は決意の表情を浮かべた。

「この約束だけは、わたしも絶対に諦めたくないから」

泣き言を口にするのも、後悔も、ぜんぶ、すべてが終わってからすればいい。今は太陽と自分の力を信じて、走るだけだ。

花火大会が中止になりそうなので、春陽は一度、煙火工業の事務所に戻ってきていた。

そこへ、司から着信があった。

「雨ちゃんが、今、青鳩通りから海浜公園に向かって走っている。太陽君と花火を見るために」

　春陽は驚き、一瞬、言葉に詰まった。

「え？　けど、花火は中止になるんじゃ……」

　まさか知らないの？　と春陽は驚いた。

「二人ともまだ諦めてないんだ。だけど……」

　司はそこで少し言い淀んだ。そして、苦しそうな声で続けた。

「あと一時間で、雨ちゃんの目は見えなくなる」

「一時間で……⁉」

「あの足じゃ八時までには到底間に合わない。僕も今は動けない。だから支えてあげてほしいんだ」

「でも、わたし……雨ちゃんに酷いこと……」

　おにいの前からいなくなってほしい、と。思い出すだけで胸が苦しくなる。ましてや、言われた方の雨の苦しみは自分の比ではないだろう。

　すると司が、穏やかな声で言う。

「未来に後悔を残しちゃダメだ。それが大切な人との約束ならなおさらだよ」

「大切な人……」

その言葉で思い出したのは、あの日、雨と二人でミサンガを編んだときのことだ。

帰りしな、春陽は雨に言った。

『――相思相愛だね、わたしたち』

兄と結婚してほしいと思うほど、雨のことが好きだったから。雨は、『だね』と言って優しく笑ってくれた。

「今、世界中で彼女を支えられるのは君だけだ。頼むよ、春陽ちゃん」

春陽は、はっとして顔をあげる。

「雨ちゃんの夢、叶えてあげて」

その言葉に、春陽は事務所を飛び出した。


小雨程度なら花火を上げることはあるが、さすがにこの雨だと中止せざるをえない。陽平は、息子がどれほどこの日のために心血を注いで花火づくりを行ったか分かっていた。できれば太陽に、花火を打ち上げさせてやりたかったが……。

花火師たちや会場スタッフの面々は、揃って漁港の事務所に避難していた。時刻は七時になろうとしている。八木が嘆息し、言った。

「風は止んだが、この雨じゃダメだな……」

実行委員が相槌を打つ。

「仕方ない。中止のアナウンスを流しますか」

と、そこへ、

「親方！」

若手の雄星が駆け込んできた。

「ピーカンさんからの伝言です！　八時までに花火を上げてほしいって！」

純が驚きの声をあげる。

「この雨じゃ無理に決まってるだろ！」

「でも八時に雨さんの目が見えなくなるんです！」

達夫が表情を強張らせる。

「雨ちゃんの目が……？」

「だからどうしても花火を見せたいって！　これが最後のチャンスなんだって！」

竜一が意見を求めてくる。

「どうします、親方……」

陽平は、思い出していた。太陽が雨にプロポーズすると打ち明けてくれたときのことを。雨は五感をなくす珍しい病気なのだと言った。『桜まつりが、俺の花火を見てもらう最後のチャンスだから』と。だとしたら本当に……。

実行委員が電話で現場スタッフに話し始めている。

「そう、急いで中止のアナウンスを――」

陽平は彼の腕を強く摑(つか)んだ。

「ちょっと待ってくれないか！」

激しさを増す雨のせいで、窓の外は一気に暗くなった。夜が駆け足でやってきたように感じる。

「――日下さん、千秋さん」

太陽がそっと呼び出すと、夜の病室に案内人の二人が現れた。太陽は彼らに向かって頭を下げた。

「この雨、なんとかできませんか？　俺、なんでも差し出します。命でもなんでも」

日下はじっと暗い瞳を太陽に向ける。

「私たちに奇跡は起こせません」

無情な返答に、太陽は歯を食いしばった。

「俺はどうなったって構いません！　だから！」

首を振る日下に、さらに食い下がる。

「お願いします！」

「我々は無力です」

日下の声には、やるせなさが滲んでいる。普段は冷静沈着で無感情に見える案内人の、その声に、太陽は本当にどうにもならないのだと知った。それでも諦めることなどできなかった。拳を握り、震える声で言う。

「……どうしても見せたいんです、雨に花火を」

なのに。それなのに……。

「このまま何もできずに雨の目が見えなくなるなんて、そんなの嫌なんです！」

奇跡のことを知ってから、薄氷を踏むような毎日だった。雨が、太陽の命と引き換えにしたものはあまりにも大きい。申し訳なくて、苦しくて、怖くて……でもそんな毎日のなかでも、幸福を、希望を見つけて一緒に前をむこうとやってきた。

たった十秒間……でも、ふたりにとって至上の十秒間を手に入れるために。

太陽はその場に膝をつくと、再び頭を下げた。

「だから、お願いです！　俺に力を貸してください！」

「残念ですが、我々にできることは……」

日下の言葉を、

「だったら」

と、千秋が遮った。

「わたしがこの雨を止ませます」

凛とした声に、日下と太陽は彼女を見る。日下が訊いた。

「どうやって？」

「天との約束を破れば、わたしは月明かりに溶けて消えるんですよね？」

太陽は、つかの間ぼんやりとする。何を言っているんだろう、千秋は……太陽の母は。

日下が食い入るように千秋を見つめる。

「……本気で仰っているんですか？」

「はい。月が出るとき、きっと空は晴れるから」

太陽は、のろのろと立ち上がる。

「千秋さん……」

千秋は優しい微笑を浮かべた。

「今まで黙っててごめんね。わたしね……」

太陽は、やめてくれと首を振る。確かに、何を引き換えにしてでも、と願った。自分の命だって差し出せる。しかし、こんな展開は想像もしていなかった。

「待って……」

「わたし――」

「言わないで……」

「あなたのお母さんなの」

5

豪雨の中、雨は走っていた。杖をつき、必死に前方を見据える。触覚のない足では、当然、上手くは走れない。傍から見たら、ただよたよたと前に進んでいるだけのように見えるかもしれない。

それでも、まったく進まない車の中でじっと待っているよりはマシだ。

一歩でも、前に進みたかった。

幾度か、風に煽られ転びそうになった。その度、雨は杖に力を入れて、自分の身体を支えた。

どのくらいのあいだ、そうやって走っていただろう。ふと気づくと、アスファルトを打つ雨粒が、弱くなっている。空を見上げると、雲が晴れ、満月が顔を覗かせていた。

信じられない。これこそ、本当に〝奇跡〟だ。雨や太陽の強い気持ちを、天が聞いてくれたのかもしれない。

雨は微笑み、さらに先を急ぐ。一歩一歩、懸命に、会場を目指す。息が上がって身体も冷たい。それでも必死に進んでいたが、とうとう、バランスを崩して転んでしまった。

　腕時計は、視覚消失まで残り一時間を告げている。歯を食いしばって立とうとした。しかし、その場に崩れてしまう。もう立てない。こんなとき、どこにどう力を入れたら立てるのか、今の雨には分からない。思い出せない。やはり、無謀だったのだろうか……諦めそうになった、そのとき。

「雨ちゃん！」

　高く自分を呼ぶ声が聞こえ、雨は驚き、振り返った。道の向こうから走ってくるのは、春陽だ。

「春陽ちゃん……」

　春陽は濡れた地面から雨を助け起こし、その身体を力いっぱい支えた。

「どうして……？」

「間に合わせる」

　春陽は決意の横顔を見せて言った。

「わたしが絶対間に合わせる！」

　それから雨を見て、にっこりと笑ったのだ。

「だから行こ、雨ちゃん！」

　時刻は七時を過ぎ、辺りは暗い。しかしその瞬間、太陽の光が差し込んだかのように錯覚した。春陽の笑顔が告げている。大丈夫。絶対に間に合うと。

「うん……！」

二人は立ち上がり、次の一歩を踏み出した。

窓から差す月光が千秋を包んでいる。淡い金色の柔らかな光だ。その光の中、千秋は、穏やかで、優しい眼差しで立っている。

太陽は肩を震わせた。

「ごめんなさい……」

あまりにも申し訳なく、苦しかった。

「あの日も俺が火事に巻き込んだのに……今度もまた俺のせいで」

「違うわ」

千秋はきっぱりと否定する。

「親が子供にもらいたい言葉は、そんなものじゃない」

見れば、白い頬に涙が伝っていた。静かな涙を流しながら、千秋はなお微笑む。

「最後だもん。いちばんの笑顔で言ってほしいな」

太陽は母の意図を理解し、涙を拭った。笑顔を作ろうとするが、崩れてしまう。それでも、精一杯、心から笑った。

「ありがとう、母さん……」

こんな形で母と呼ぶことになるとは、まったく想像もしていなかった。

「あの約束があったから、今日まで頑張ってこられたよ」

「うん……」

いつか、自分が作った花火でたくさんの人を幸せにすること。

「一人前の花火師になりたいって、そう思った」

現実は、たくさんの人、というわけにはいかなかった。だが、それでも。

「誰かを……雨を……幸せにしたいって」

千秋は笑顔で頷（うなず）いてくれている。

「俺、母さんの子供でよかった」

千秋は笑みを深くする。

「あの頃のあなたは、寂しがり屋で、甘えん坊で、いつもわたしの後ろをついて歩いてたね。泣き虫で、臆病で、あんなに小さかったのに」

涙で濡れた母の瞳が、まっすぐに太陽を見る。

「立派になったね、太陽」

太陽の瞳からも涙が溢（あふ）れた。

「春陽にも伝えてあげて。お母さん、あなたになにもしてあげられなかった。ごめんねって」

母の言葉に、ただ、頷く。

「でも、春陽が強い人になっていてくれて嬉しかった。家族を守ろうとする優しい人に……大人になったあなたたちに逢えて、お母さん、とっても幸せよ……」

それは、太陽もそうだ。しかし、天の禁忌に触れた代償は大きく、恐ろしい……本当に、千秋はこのまま消えてしまうのだろうか。

「行きなさい」

動くことができず、ただ涙を流す太陽に、千秋はしっかりとした声で言った。

「届けてあげて。雨ちゃんの心に、太陽の花火を」

花のような微笑だった。

太陽は深くうなずき、涙を拭って踵を返す。病室を飛び出した瞬間、背後はひときわ明るくなった。しかし、振り返らなかった。太陽は歯を食いしばり、廊下を走った。

走り去る太陽の背を見送った千秋は、より一層強い月華に包まれた。自分の手が、身体の輪郭が、金色の光に曖昧になる。その光の中、千秋の心に、幼い太陽の声が蘇った。

「——僕、花火師になる！」

雨の日だった。そうだ……あれは太陽がまだ四歳のころ。突然雨が降り出して、あの赤い折り畳み傘を広げた。

「大きくなったら絶対なるんだ」

屈託のない笑顔でそう宣言した太陽に、千秋は嬉しくて、愛おしくて、微笑んだ。足を止めてしゃがみ込み、

「じゃあ、約束」

と小指を差し出した。

「いつかたくさんの人を幸せにするような、そんな花火を作ってね」

「うん！　まかせて！」

太陽は、母の小指に指を絡めた。赤い傘と花火の約束は、あれが始まりだったのだ。

今、千秋は、あの日の光景をまざまざと思い出すことができた。まばゆい月光の中、心を込めて、最期の言葉を呟く。

「……頑張れ……頑張れ、太陽」


満月が照らす道を、太陽は必死に走る。同じ頃、雨も春陽に支えられて走っていた。

「ダメだ。タクシー全然走ってない……」

渋滞は解消されつつあるようだが、確かにタクシーなんてつかまりそうにない。春陽も息が上がっている。

「ごめんね、春陽ちゃん。重いよね……」

身体に力を入れられない雨の身体は、普通の人を支えるよりずっと重いだろう。しかし春陽は首を振った。

「謝るのはわたしの方だよ」

懸命に雨を支え、前に進みながら、春陽は言う。

「雨ちゃんはただ、おにいと幸せになりたかっただけなのに……それなのに、あんな酷いこと言って……だから、雨ちゃん──」

声が震えている。見上げると、春陽は泣いていた。

「ごめんなさい……」

「気にしてないよ。だって──わたしたち、相思相愛でしょ?」

雨が微笑んで言うと、春陽はいつもの彼女らしい、明るい笑顔を浮かべてくれた。


その頃、漁港事務所では、陽平が八木に頭を下げていた。

「花火を上げさせてください！　無理は承知の上です！」

八木は困惑した表情を浮かべる。

「でも、八時までにって。もう時間がないぞ!?」

「お願いします！　息子の夢がかかってるんです！」

「僕からもお願いします！」

雄星が横に並び、頭を下げる。竜一、純もそこに加わった。

「雨も風も止みました！　だから！」

「急いで準備します！」

朝野煙火の職人たちの熱意に、八木はとうとう折れた様子で苦笑を浮かべる。

「天気は？」

達夫がその質問に答えた。

「この空なら大丈夫だ。俺が言うんだ、間違いない」

「達夫さんがそう言うなら……」

八木は陽平に頷いた。陽平は思わず拳を強く握りしめる。

「よし、お前ら！　八時までに花火を上げるぞ！」

なんとしても間に合わせたい。細かな事情など知らなくていい。ただ、息子の夢と、息子が愛する娘のために。陽平は自らも急いで作業の続きを再開した。

満月に背中を押されるようにして、太陽は走り続ける。消えてしまった母のことを悲しむより、今はただ、その愛情を無駄にはできないという気持ちが強かった。

雄星が連絡をくれて、花火が上がることになったと教えてくれた。太陽は、ますます速く走った。たくさんの人が、太陽の大切な人たちが、力を貸してくれている。

埠頭の入り口付近まで来たとき、アナウンスが聞こえた。

「今夜の花火は、準備ができ次第、打ち上げます」

雨はそのアナウンスを聞いて、春陽と顔を見合わせて笑った。突然のハプニングに絶望しかけたことが、嘘のようだ。満月が行く手を優しく照らしてくれている。

「がんばろ！　あとちょっと！」

春陽の言葉に、雨は頷き、足を引きずりながら急いだ。

そうしてとうとう、公園の入り口まで辿り着いた。腕時計を見ると、視覚消失まであと十五分を切っている。そこへ、

「雨！」

太陽の声がして、雨はハッとして振り返った。

「太陽君！」

向こうから、走ってくる。世界で一番大好きな人が。その姿を、雨は懸命に目に焼き付ける。

「春陽」

太陽は春陽に気づき、少し驚いたような顔をした。

春陽はただひとつ、大きく頷く。雨も雨で驚いていた。太陽が頭に包帯をしているから

だ。

「その頭……」

一体何があったのか。

「大丈夫。行こう、雨」

彼が差し出すその手を、雨は笑顔で握った。何があったのかは分からない。大事なのは、今、太陽と雨がここにいて、雨は止み、花火が上がることだ。

太陽は雨の手を引いて、人もまばらな公園にやってきた。そうしている間にも、残り時間のことが気になって仕方がない。

「タイムリミットは？」

「あと十分……」

太陽は祈るような気持ちで、筒場の方を見た。だんだんと観客も集まり始めている。

「花火、どこから上がるの？」

「あっち。鶴峰漁港から」

焦燥感が募る。強風と雨で、筒場の準備はいったん中止になったはずだ。開催が決定してから準備を再開したとして、果たして間に合うのか……。

「まだかよ……」

もちろん太陽も分かっている。花火を上げるには、最終的に消防隊員の安全チェックが必要だ。花火を打ち上げる順番も間際には変えられない。太陽の花火は二番目。陽平の花火の次だ。

頼む――どうか、どうか間に合ってくれ。

そのとき、夜空に光の筋が伸びていった。

「あ……！」

隣で雨が声をあげる。太陽も大きく目を見開いた。花火が空高く、大輪の花を咲かせた。

「父さんの花火だ！　次だよ！　次が俺の花火！」

「うん！」

二人で、食い入るように夜空を見つめる。しかし、次の花火が上がらない。

「え……？」

何が起きているのか、筒場にいない太陽には分からない。もちろん、いろんなハプニングが考えられる。花火と花火の間隔が空くことも、珍しいことではない。

それでも今は、今だけは、頼む……太陽は焦れた。

「どうしたんだよ……」

雨は腕時計を見て深呼吸をしている。

「落ち着いて、太陽君」

「でも……！」

「大丈夫。きっと大丈夫だから」

彼女の方が不安だろうに。雨は精一杯の笑顔を浮かべてくれる。

「そうだ。あの答え、教えて。太陽君の人生で一番大切だった十秒間」

雨の優しさに、太陽は自分を叱咤し、心を落ち着けさせた。

「あの日なんだ。初めて声をかけたあの雨の日」

十年前、高校生の、あの日。ずっと気になっていた彼女を昇降口で見つけて、思い切って声をかけた。

『あのさ、もしよかったら、一緒に入らない？』

母の形見だった、赤い折り畳み傘を彼女に見せて。

「赤い傘の、想い出の日」

雨も思い出してくれたのか、嬉しそうに笑っている。

「花火、あの傘をイメージして作ったんだ。同じだったらいいなって。俺が思う赤い色と、雨が見ている赤い色が」

お互いに見つめ合って、また微笑んだ。と、そこに、賑やかな声がして、背後から数人の若者たちがやってきた。雨の隣にいるグループと待ち合わせのようだ。

「いたいた！」

「遅いよ、こっち!」

そのとき、若者のひとりが雨と肩がぶつかった。バランスを崩した彼女を、太陽が慌てて支える。

「大丈夫⁉」

「うん……」

そこに、ヒュー！　という音が響いた。太陽は咄嗟に夜空を見上げる。

「来た！」

光の線が高く高く昇ってゆく。食い入るように見つめていると、夜空に鮮やかな花火が咲いた。真っ赤な傘のように美しい花火が。その赤の色を、正確には分からなくても、太陽には見えるのだ。

あの鮮烈な想い出の一場面が。

青空から降る雨が艶やかに赤い傘を輝かせた。その傘の下、雨と太陽は並んで歩いた。そして勇気を振り絞って言ったのだ。

『思ったんだ……君を幸せにする花火を作りたいって』

あの日の約束を、ようやく叶えることができた。喜びが全身を満たしてゆく。すると、「きれい！」

隣にいる雨が声を上げた。太陽は笑顔で雨を見る。

しかし、その瞬間、笑みが凍りついた。

雨は一人、みんなとは違う方角を見ている。

とてもうれしそうな顔で。

「よかったぁ！　見られて！」

何もない夜空を見て、満面の笑みを浮かべている。太陽は確認した。腕時計の表示が消えていることを。

「あ……時間だ。でも——」

雨は涙を堪えたような表情を一瞬だけ浮かべた後、微笑んだ。

「ギリギリセーフだったよ！」

その瞬間、太陽の目から涙がこぼれ落ちる。

「おんなじだったね」

彼女は明るい声で言った。

「太陽君が心で見てる赤い色と、わたしが見てる赤い色」

太陽は答えられず、ただ、嗚咽をこらえながら彼女を見る。

「あの傘と一緒の、うんと綺麗な赤い花火だったよ！」

耐えきれず、引き結んだ唇の間から、声が漏れた。雨は怪訝そうにこちらに顔を向ける。

「太陽君……？　泣いてるの？」

太陽は必死に涙を拭う。彼女に知られてはならない。懸命に隠そうとしているのだから。

まさか、間に合わなかっただなんて。

ぶつかられたとき、身体の向きが、花火が上がる方角からズレてしまったのだろう。そうでなければ、太陽は、彼女の嘘に気づかなかったかもしれない。

太陽は必死に涙を堪えようとする。しかし、どうやっても止まらない。

「……どうして？」

不安そうに雨が繰り返す。

「太陽君、どうして……？」

太陽はもう一度涙を拭い、囁くように言った。

「嬉しくて……」

せめて、彼女のために、気づいてないふりをしなければならない。今の太陽にできる、精一杯のことだ。

「雨に花火を見せることができて……嬉しくて。ごめん、泣いちゃったよ……」

雨は安心した様子で、再び笑顔になった。

「太陽君……最後にこんな素敵な花火を見せてくれて……十年間、願い続けた夢を叶えてくれて……」

まるで前々からこの瞬間に言うのだと決めていたかのように、雨は、しっかりとした声で言った。

「本当に本当に――ありがとう」

彼女の頰(ほお)に流れた涙のしずくが、花火に輝く。夜空には次々に花火が上がっている。太陽は悔(く)しくて、身体を震わせて泣いた。その声は、公園を埋め尽くす歓声と、夜空で弾ける花火の音にかき消され、雨には届かない。

何も見えない彼女は、ただ美しく笑っていた――。

最終話　雨の音色と未来の約束

1

夜の南山手、大浦天主堂横のグラバー通りを、太陽は雨をおんぶして歩いていた。

悲しみが全身を支配している。脳裏には、何度も何度も、先程の光景が蘇る。何もない真っ暗な夜空に向かって、「きれい！」と言った雨の笑顔が。思い出すたびに、苦しくて、悔しくて、太陽は歯嚙みした。再び涙が溢れそうになるが、背中にいる雨に気づかれないよう、ぐっと堪えて歩き続ける。

すると雨が、ひそやかな声で訊いた。

「太陽君……。ちゃんといる？」

「いるよ。今おんぶして歩いてる」

太陽は、努めて明るい声で答えた。

「重くない？」

「軽すぎるくらいだよ」

「お世辞、上手だね」

くすくすと雨が笑うので、太陽も釣られて笑った。しかし、すぐに表情を引き締める。

「……俺、伝えるね。雨に言葉」

「言葉？」

「うん。五感を取り戻すまでの間、寂しくならないように伝えたいんだ。雨の心を支える言葉を」

「……楽しみにしてるね」

雨は吐息のような声でそう答えた。背中にいる彼女は、微笑んでいるのだろう。すべてを諦め、受け入れようとしている。それが、背中越しに伝わってきている。

しかし太陽は、諦めることはできない。なんとしてでも、雨の五感を取り戻したい。その決意を新たにし、太陽は、背中に回す腕に力を込めた。

夜半、雨がひとりでベッドにいると、日下が現れた。

「そろそろ午前零時になります」

今までと違い、雨は腕時計の表示を自分で見ることはできない。

「タイムリミット、分かったら教えてください」

「ええ……」

日下の声がする方向に、雨は語りかける。

「この三ヶ月、いつも思っていました。もっと時間がほしいって」

日下の姿は見えないが、いつもと同じように、黙って聞いてくれているのが分かる。

「一日が、一時間が、一分が、この世界の何よりうんと大切だって、奇跡を背負って初めて知りました。もう遅いけど……」

「遅いなんてことはありません」

声だけだからだろうか。日下の言葉が、いつにも増して優しく感じる。

「あなたにはまだ時間がある。そうでしょう?」

雨は微笑んだ。

「大切にします。最後の一秒まで」

「それがいい」

しんと静まった部屋の中で、雨はその瞬間を待つ。なぜだろう。今までより、ずっと落ち着いている。視覚を失ったら、もっと絶望するかと思ったのに。まるでさまざまな覚悟が、ようやく決まったかのように。

「午前零時になりました」

日下の低い声がした。

同じ頃、太陽は一階のリビングで、俯いてソファに座っていた。そこに日下が現れる。

「一週間後の三月三十一日……午後四時、逢原雨さんの聴覚は奪われます」

太陽はこれを聞いて、悔しくて背中を丸めた。いっそこのまま消えてしまいたかった。

「……結局、何もできませんでした。雨に花火を見せることも……幸せにすることも」

日下は何か言おうとした様子だったが、結局黙ったまま姿を消した。

太陽はしばらくの間、俯いたままだったが、ハッとして顔を上げる。

雨は今、暗闇の中、一人ぼっちだ。何もできなかったと後悔するのは、まだ先でいい。

今、太陽ができるのは、できるだけ彼女の傍にいることだけ。一分、一秒でも長く。

階段を駆け上がり、寝室に入る。雨はベッドの端に腰掛けていた。

こみ上げるものを抑えて、太陽は彼女の隣に座り、手を握る。雨が気づくことはない。

だから、

「雨」

と名前を呼んだ。愛情のすべてを込めて名前を呼んだ。すると雨は、花のように美しい笑みを浮かべる。

「日下さんから聞いた？　タイムリミットのこと」

「うん」

「ねぇ、さっき、言葉をくれるって言ったよね？　それ、聴覚がなくなるときに教えて」

「え？」

太陽は動揺し、思わず雨の横顔を凝視した。彼女はなお、微笑んでいる。

「最後に聴くのは、太陽君のその言葉がいいの」

「分かった……」

「ありがとう」

雨の笑みが深くなる。

「だから、それまでは――太陽君と、毎日うんと楽しみたい」

雨の言葉の一つ一つが、得難く大切なものだ。だから、どんなことでも叶えてやりたい……雨が望むことのすべては、太陽が望むことでもある。

「じゃあ、この一週間は――二人でいっぱい……いっぱい、いっぱい、笑おうね」

精一杯の笑顔で太陽が言うと、雨は嬉しそうに「うん！」と頷いたのだった。

2

それからの一週間は、本当に幸福な日々だった。時々、どうしようもない悲しみが太陽を襲ったが、それを消し去るように、二人でたくさん笑いあった。

三月二十五日。太陽は雨に、彼女が好きな『アラビアン・ナイト』を読み聞かせた。

「魔法の呪文で岩を動かすぞ！　イフタフ・ヤー・シムシム〜！」

派手な動きでポーズを決めて、大袈裟なくらい明るい声を張り上げた。その様子を、雨は見ることができなくても、嬉しそうに、幸せそうに、声を立てて笑ってくれた。

三月二十六日。夜、二人で長崎孔子廟へ出かけた。太陽は雨を車椅子に乗せ、赤い絵馬が風に揺れる中を、ゆっくりと歩いた。

販売所で絵馬を買い、願い事を書いて、吊るしていると。

「お願い、なんて書いたの？」

雨がそう訊いた。

「恥ずかしいから内緒」

絵馬には、こう書いた。

『五十年後も、雨の心に「愛してる」って届けられますように。太陽』

そうやって、二人で幸福な記憶を確認するような日々を過ごしながら、太陽は考え続けていた。家で一人でいるとき、『雨を支える言葉』と題したノートを広げた。しかし、書いては消し、書いては消しを繰り返している。どうしても、言葉では伝えきれない。どうしたら、彼女を想うこの気持ちを正確に伝えられるだろう。雨が最後に聴くのにふさわしい言葉は、いったいなんだろう。

ずっと考え続けている。

三月二十七日。夕方、二人は眼鏡橋にやってきた。すると近くで子どもたちが爆竹を鳴らした。

「あ、爆竹だ」

思わず太陽が呟くと。雨が大真面目な顔で言う。

「天国にいる大事な人を呼んだのかなぁ」

「それ、俺の勘違いだから」

太陽が笑うと、雨も楽しそうに笑ってくれた。

三月二十八日。夜、二人で観覧車に乗った。雨と太陽は向かい合わせに座り、太陽は手すりをぎゅっと握って黙っている。

目が見えない雨は、夜景は見られないし、観覧車の浮遊感も味わうことはできない。そんな雨は、太陽の心配をしてくれている。

「怖いんでしょ。もぉ、無理しなくてよかったのに」

「でも、どうしても乗りたかったんだ」

雨は高校生のときから観覧車に乗りたがっていた。時を経て、ようやく一緒に乗れたが悲しい思い出になってしまっている。だからこそ、良い思い出に変えてあげたいと思ったのだ。雨も分かってくれたのか、幸せそうに笑ってくれた。

太陽は、雨の表情を心に刻みつけた。

その気持ちを、丸ごと言葉にしたくて、夜、スマホのメモに記そうと試みる。でも、やはり、字にしたとたん、何かが違うと気づいてしまう。

太陽はまだ、彼女に伝える言葉を見つけられずにいる。

目が見えなくても。味覚や嗅覚がなくても。触覚がなくても。雨はその一週間の、一日一日を、大切に、愛おしむように過ごしている様子だった。

三月二十九日。夕方、太陽が彼女を連れ出したのは、長崎水辺の森公園だった。

夕刻の風が、雨の髪を優しくそよがせている。彼女が風を感じられなくても、せめて、この心地よさをほんの少しでも味わってくれればいい。太陽は雨を、車椅子から降ろし、草の上に座らせた。

ここには、昔、何度も二人で来た。ある時は、クレープを制服につけてしまった太陽を雨がからかって、追いかけっこをした。当時のことを思い出していると、あ、と雨が声をあげた。

「もしかして、今、手繋いだ？」

「え？」

「そんな気がしたの」

手は繋いでいない。それでも太陽は、ふっと微笑み、雨の手を優しく握った。

「どうして分かったの？」

　雨は得意げに笑う。

「第六感」

　二人は揃って、声を立てて笑った。

　三月三十日。朝、結の浜を散歩した。太陽は雨を乗せた車椅子を押しながら言った。

「朝日が綺麗だよ」

「あの日も綺麗だったよね。東京に行った朝」

　この一週間だけが幸せなのではない。雨と過ごした、あらゆる場所、交わした言葉、その都度感じた、もどかしさや、悲しみさえも、すべてが愛おしい。同じことを雨も考えていたのか、

「いろんな想い出、二人でたくさん作ったね」

と呟いた。しかし、その表情がふっと曇る。

「でも、明日でもう最後か……」

　太陽は胸が痛くて、押し黙る。雨の腕時計は確実に、タイムリミットを告げている。

「明日、学校に行きたいな」

　雨はそう言った。

「学校？」

「うん。最後は、太陽君と出逢った場所に行きたい」

最後だなんて、言ってほしくはない。しかし、雨も太陽も、その瞬間から逃げることはできないのだ。

「……じゃあ、許可取っておくよ」

太陽は精一杯、穏やかな声でそう答えた。


その夜は、雨が降った。雨は窓辺に座り、ずっと雨音に耳を傾けていた。

「雨の音、ずっと聞いてて飽きたりしてない？」

太陽が訊くと、雨はにっこりと笑う。

「ぜんぜん。雨音を聴くと優しい気持ちになれるから」

太陽はふふっと微笑んだ。自分の名前が大嫌いだった彼女は、それを克服した。母親と折り合いをつけ、前に進んだのだ。

雨はじっと太陽を見つめていたが、

「いつか降らすね。天国の雨」

と言った。太陽は眉根を寄せる。

「天国の雨？」

「人って死んじゃったら、ほんのわずかな時間だけ雨を降らすことができるんだって。大切な人に想いを届けるために」

太陽は、胸を衝かれ、言葉を失う。まさか雨が、その時のことまで考えているなんて、思わなかった。

「だから届けるね。何十年後か分からないけど、太陽君に、わたしの雨を」

太陽は結局、何も答えられず、焦点の合わない瞳で微笑む雨を見ていた。静かな雨音が、ずっとずっと続いている――。

3

三月三十一日。春陽が来てくれた。

「ごめんね、お休みなのに。最後のデートだから綺麗になりたくて」

「気にしないで。バッチリ仕上げるからね」

答える春陽の声は頼もしい。今は、髪を梳かしてくれている。感じることはできないが、その手が温かく、優しいことを、雨は分かっている。

「ありがとう、春陽ちゃん」

「だからぁ、気にしないでって言ってるじゃん」

「そうじゃなくて。今まで仲良くしてくれて、ありがとう」

どうしても、彼女に伝えたかった。

「今日でもうバイバイだけど、わたし、春陽ちゃんと仲良く慣れて嬉しかった」

春陽が息を止めた気配は伝わってくる。涙を堪えたような明るい声で彼女は言った。

「てか、今日の雨ちゃん、めっちゃ可愛い！　おにいが見たら惚れ直すよ！　そうだ、爪の手入れしよっか！」

春陽は、雨の前に座ったようだ。声だけを頼りに彼女の位置を確認する。手を握られたような気がして、雨もそっと指を動かす。すると春陽が、

「バイバイしたくない……」

涙の滲んだような声で言った。

「雨ちゃんとずっと一緒にいたい……」

見えないからこそ、彼女の気持ちがまっすぐに伝わってくる。雨は微笑んだ。

「春陽ちゃん」

雨は彼女に言った。

「大事にしてね。夢も、時間も、人生も」

心から、それを願う。

「大丈夫、あなたはわたしの自慢の妹なんだから」

明るくて、真っすぐで、強い気持ちを持っている。

「でもし、辛くて挫けそうになったら思い出して。今日もどっかで、春陽ちゃんを応援してるわたしがいるって」

　春陽は黙っている。それでも雨は続けた。

「頑張れ～、春陽ちゃ～ん！　って、わたし応援してるよ」

　嗚咽が聞こえた。春陽は、振り絞るような声で言った。

「……わたし、花火師になるね」

「うん」

「絶対なるね……」

「うん……！」

「それで綺麗な花火バンバン上げて、美人すぎる花火師とか言われてチヤホヤされるの。テレビとか雑誌の取材も受けたりして」

　雨はくすっと笑った。きっと叶えられる。春陽なら、きっと。

「そこで言うから。雨ちゃんがいたから、立派な花火師になれましたって。絶対言うからね」

　春陽はそこで間を置いて、涙を拭ったようだった。それから真剣な声で、

「だから約束したい」

　と、彼女は言った。

「わたし、雨ちゃんと約束したいの」

雨は微笑み、小指を立てる。

「もちろん……！」

春陽の優しさが、明るさが、今の雨には本当に嬉しい。たとえ感じることはできなくても、この指切りは大切な意味を持つ。

「繋いだ？」

「繋いだよ」

春陽の答えを合図に、雨は小指を追った。そこへ、

「――雨、そろそろ行こうか」

と、太陽が二階から下りてきた。彼は雨を見て、はっと息を呑んだようだ。

「綺麗だよ、すごく……」

「やったね」

雨は嬉しくて笑った。顔が見えていたら照れくさかったかもしれない。でも声だけだったら。大好きな太陽の声で、綺麗だと褒められたら。ただ、純粋に喜ぶことができるのだ。

その声も、今日で、聴こえなくなる。

雨は笑顔のまま、太陽に支えてもらい、玄関に向かった。

県立長崎高等学校は、雨にとって、幸福の始まりの場所だ。すべてが始まった場所で、すべてを終える。ずっと、心にそう決めていた。

太陽が車椅子を押してくれている。目が見えなくても、嗅覚が失われていなかったら。懐かしい校舎の匂いを感じただろう。意識を必死に耳に集中させてみても、自分が今どのあたりにいるのかは分からない。

「今どこ？」

太陽に訊いてみた。

「下駄箱の近くだよ」

「最初に声をかけてくれた場所だね」

「あのときは緊張したなぁ。自然に話しかけなきゃって」

奇跡を背負う前から、何度も何度も、思い出していた。二人が出逢った運命の場所と、そのときに交わした会話、太陽の真っ直ぐな眼差しや、赤い傘の鮮やかさを。

雨はふふっと笑った。

「でもぎこちなかったよね。こっちまで緊張しちゃったよ」

雨の言葉に、太陽は沈黙している。

「太陽君？」

「……ごめん。中、入ろっか」

もしかしたら、太陽も、昔を思い出してぼんやりしたのかもしれない。彼は雨の車椅子を押して、校舎内に入った。

廊下を押してもらう間、お互いに、しばらく無言だった。雨の脳裏には、さまざまな想い出が駆け巡っていた。

「放送室の前まで来たよ」

もちろん、ここは欠かせないだろう。目で見ることはできないけれど、過去を鮮明に思い出すことはできる。太陽と話をするために放送室まで追いかけてきたこと。マイクがオンになっていて、会話が全校生徒に聞かれたと知ったときの焦り。でもその後で、すぐに、太陽と友達になって……。

『雨はこの世界に必要だよ』

太陽が、魔法のようなあの言葉を言ってくれたのも、ここだった。

決して忘れない。

太陽は黙って雨の車椅子を押してくれている。二人は校内をいろいろまわってその後、無人の教室に入った。西日が教室に射していて暖かいよ、と太陽が教えてくれた。雨は何も感じることはできなかったが、想像することはできた。

今、太陽と寄り添って座っているこの教室は、きっと、オレンジ色の光が溢れている。それはあのマカロンの色だ。雨が最後に、太陽に作った夕陽色のマカロン。彼に気持ちを伝えるためにバスを降りて走った、あのときも、周囲は同じ色に染まっていた。

「今日も幸せだったね」

雨は隣に座る太陽に、そう言った。

「夢だったんだ。一日の終わりに、太陽君と並んで座って『今日も幸せだったね』って笑い合うの」

太陽の困惑が伝わってくる気がした。雨が何を言うのかと。

「わたしね……」

涙が溢れ出たことは、自分では感じることはできなかったけれど、声が告げていた。

きっと今、静かな涙が頰（ほお）を伝い落ちている。

「太陽君が隣にいてくれる人生でよかった。この人生で幸せだった……大袈裟（おおげさ）じゃないよ。心からそう思ってるよ」

太陽は今、どんな顔をしているだろう。見ることは叶わないけれど、

「でも、俺のせいで……」

と呟（つぶや）いた声は、やっぱり涙声だった。きっと苦しそうな、悲しそうな、そんな顔をしているのだろう。

「もしあの日、雨が降らなかったら……俺が声をかけてなければ……」

ああ、そうだったのか。雨は理解した。今日、校舎内で、太陽が黙っていたのは、後悔（こうかい）

していたからなのだ。自分と出逢わなければ、雨に、こんな奇跡を背負わせずに済んだと。

　雨は微笑み、しっかりとした声で言った。

「それでも出逢ってた」

　太陽は再び黙り込む。

「雨が降らなくても、わたしは太陽君を好きになってたよ。だから、お願い。わたしの大切な想い出をそんなふうに言わないで」

　ああ、声が震えてしまうな、と雨は思った。笑顔でたくさんの一週間、最後に涙なんて見せたくはない。でもやっぱり、自分は泣いてしまうのだ。

「ありがとう、太陽君」

　涙を止めることはできなくても、これだけは伝えたい。

「あの日、わたしをあの赤い傘に入れてくれて……」

　雨は続けた。

「忘れないよ。一緒に並んで歩いたこと。嘘の迷信も、恋ランタンも、お菓子言葉も、マーガレットの匂いも」

　ほかにも、まだまだ、たくさんある。

「八年ぶりに逢えて嬉しかったことも……わたしのマカロンを美味しいって、笑って食べてくれたことも……」

ふたりの想い出を、すべて口にするのは無理だ。それでも雨は、可能な限り、思いつくまま、言葉にした。

「指輪も……結婚式も……キャンドルも……あの花火も……全部全部、忘れない。わたしの一生の想い出」

太陽は黙っている。でも、彼が泣いているのは分かった。雨に気づかれないように、抑えて、堪えた声が、唇から漏（も）れている。

雨は笑った。

「ごめん、なんか湿っぽくなっちゃったね。今、何時？」

太陽は、教室の時計を確認したようだ。

「あと三分で三時だよ」

「じゃあタイムリミットまで、まだ一時間あるね」

雨はそこで、深呼吸をした。

「ねぇ、太陽君。プロポーズのときの線香花火の勝負、憶えてる？」

「もちろん」

答える声は穏やかで優しい。雨は静かに、彼の声を心に刻んだ。

「あのときのお願い、今使ってもいい？」

「いいよ」

雨は、全身に残っている勇気を、すべて振り絞（しぼ）った。

「逢いに来ないで……」

「え？」

「もう逢いに来ないでほしいの……」

太陽は絶句したようだ。雨は重ねて頼んだ。

「わたしのこと、二度と思い出さないで……これがわたしの最後のお願い」

「待ってよ」

困惑しきった声で、太陽が言う。

「やだよ……俺、やだよ……そんなの」

でもこれは、雨がどうしても頼まなければならないことだ。

「雨にもう逢えないなんて……そんなの嫌だ」

「お願い」

「でも……」

「これでおしまい。わたしたちの恋は、今日でもうおしまい」

時刻はもうすぐ三時――。

「約束ね」

雨はふっと微笑（ほほえ）んで、呟いた。

「さようなら、太陽君……」

雨の世界から、音が消えた。

光も音もない暗闇の中に、雨は閉じ込められてしまった。

闇の中に漂う、ぼんやりした意識で、雨は一週間前のことを思い出す。

タイムリミットを告げる日下に、雨は頼んだ。

『……じゃあ、彼には四時って伝えてください』

『どうして？』

『太陽君は言葉をくれるって言ったけど、聞いたらきっと辛くなっちゃう。だから——何も聞かずに、さよならします』

本当は聞きたかった。太陽がくれる言葉なら、どんなものでも、心に刻みつけたかった。でも、それは、互いに未練を残すことにしかならない。

雨は本当に、太陽に、自分を忘れてほしかったのだ。

立場が逆なら、彼もそれを願うはず。

だから——これは雨の、最後の我儘(わがまま)だった。

自分を忘れて、そして……どうか、どうか、誰よりも、幸せになってほしい。


「雨……？」

ふっと雨の反応が無になった気配があって、太陽は彼女の名前を呼んだ。

時刻は三時ちょうど。

雨は静かに微笑んでいる。

呼びかけても、反応がない。

太陽は恐る恐る、雨の手を取り、腕時計を見た。ディスプレイの表示が消えている。

「どうして……」

涙が溢れ、視界が歪んだ。たまらず雨を抱きしめた。

「雨……どうして……どうして！」

太陽は慟哭した。何も知らない雨は、ただただ、優しく微笑んでいる。


雨はまだ、ここにいる。死んだわけではない。それでも太陽は、彼女が、どこか遠くに行ってしまったように感じた。

教室を出ると、周囲は薄暮に包まれている。無人のグランドで、太陽は車椅子に座る雨をじっと見つめていた。

彼女の目の焦点は合っていない。これは、視覚を失ったときからそうだ。それでも耳が聞こえている間は、太陽が「雨」と名を呼ぶと、こちらを見てくれた。そして、嬉しそうに、幸せそうに笑ってくれた。

あの綺麗な瞳は、ぼんやりと虚空に据えられている。

味も、香りも、手触りも、色も、音すらも感じられなくなった彼女。

それなのに——穏やかで、どこまでも静かな、柔らかな微笑を浮かべているのだ。

太陽は、ピエタ像の聖母マリアを思い出した。

ふと、視界に動くものが入る。黒ずくめの男……日下だ。ゆっくりとした足取りで近づいてきて、二人の前で足を止めた。

太陽は懇願した。

「日下さん……雨を助けてください……なんでもします……だから……だから」

「奇跡は、まだ終わっていません」

日下は、静かな声でそう告げた。

4

長い夢を見ていたような気がする。あるいは、ごく短い意識の消失だったのかも。

とにかく、とても深い眠りを得られたあとのように、ふっと、ごく自然に目が覚めた。

雨はゆっくりと目を開いた。

ぼんやりした視界がはっきりすると、寝室の天井がそこにある。見慣れているはずの天井なのに、怪訝に思う自分がいた。

雨は驚き、身体を起こす。窓から射し込む朝日が眩しい。目を細めて光を受け止め、

「どうして……？」

咄嗟に自身の身体に触れてみた。

触覚がある。

手首を見ると、あの腕時計はなくなっていた。代わりに、太陽がつけていた赤いミサンガがある。

混乱の中、テーブルの上のスマホを手に取った。日付は四月一日、午前七時だ。

言葉にならない衝撃と、続いて、大きな不安がどっと押し寄せてきた。

雨は急いでベッドから下りると、廊下に出て、階段を駆け下りた。真っ先にキッチンの冷蔵庫に向かう。ドアを開けて、目に飛び込んできたジュースを取る。そして、意を決して飲んだ。

「甘い……」

呆然と呟いたとき。シンディーが、来客を告げた。

「オ客サマガ、イラッシャイマシタ」

「太陽君!?」

雨は玄関に走っていった。そこにいたのは、彼ではなかった。

「雨ちゃん……」

司だ――神妙な面持ちを浮かべて、静かな佇まいで立っている。

雨の胸に不穏なさざなみが広がった。

「戻ったんだね、五感」

「どういうことですか？　太陽君は⁉」

「どうか落ち着いて聞いてほしい」

司は顎を引き、雨を見つめ、悲しみに満ちた表情を浮かべた。そして――。

「太陽君は、亡くなったんだ……」

「え？」

取り戻したばかりの色が、世界から消える。すべての音が遠のいて、雨はその場に縫い留められたかのように、身動ぎもせず、ただ、司を見つめた。


夜の礼拝堂は、ステンドグラスを通じて差し込む月明かりに満ちていた。

春陽は、祭壇の兄の遺影を見つめる。兄らしい、明るい笑顔の写真だ。

会場には喪服姿の陽平や花火師たちが来ていた。司の姿もある。

「色々手伝ってくれてありがとな」

気丈に礼を述べる陽平に、花火師たちが口々に言う。

「水くせぇこと言うんじゃねぇよ」

「でも、なんでこんなことに……」

「医者の話だと急性心不全だって」

「どうしてピーカンが……」

春陽は、彼らを遠巻きに眺め、ひとり静かに涙を流していた。すると司が傍まで来た。

「春陽ちゃん、大丈夫？」

大丈夫ではない。本当は大声で泣き叫びたい。兄が死ぬなんて。あまりにも突然すぎる。

でも、突然ではあったけれど、別れは済んでいた。

昨日の夜に。

春陽は、遺影の兄の顔を見つめながら、昨夜、起きたことを思い出す。

隣にいる司も、そこにいた。太陽が、死ぬ直前に、家族と司を呼び出したのだ。


朝野煙火工業の事務所で、陽平が、怒鳴り声を上げた。

「バカなこと言ってんじゃねぇ！」

陽平は、きびしい視線を太陽に向ける。

「午前零時になったら俺は死ぬだと⁉」

太陽は真っ直ぐな瞳で陽平を見た。

「頼むよ。信じてほしい。それで雨の五感が戻るんだ」

司は何か思うところがあったのか、真剣な表情で太陽を見ていた。

「そんなの信じられるわけ――」

動揺(どうよう)するまま、なお声を荒らげる陽平を、

「わたしは信じる」

春陽が、そう遮(さえぎ)った。

「いいかげんにしろ、お前ら」

と陽平は去ろうとしたが、

「おにいはこんなとき嘘なんて言わない。だから信じる」

陽平はこれを聞いて、立ち止まった。陽平だって分かっていたのだ。太陽は小さく微笑んだ。

「春陽……母さんからの伝言があるんだ」

「え?」

まったく予想外の言葉に、春陽は大きく目を見開いた。

「なにもしてあげられなくて、ごめんね。でも春陽が強い人になっていてくれて嬉しかった。家族を守ろうとする、優しい人に……そう言ってたよ」

どうして、とか、いつどこで、なんて疑問は、不思議と出てこなかった。穏やかな顔を

した兄の口から伝えられた母の言葉は、すっと春陽の心に入ってきた。

「俺も同じように思ってる。お前は強くて、優しくて、でもスゲー生意気な……俺の……俺の最高の妹だ」

「おにい……」

太陽は、春陽に、優しく笑いかけた。そして言ったのだ。

「最後に頼み、聞いてくれないか」


春陽は、教会の後方の席を見やった。そこには、雨が茫然自失(ぼうぜんじしつ)の状態で座っている。司に連れてきてもらったのだ。

雨はもう、杖(つえ)もついていないし、目も見えている。耳もちゃんと聞こえている。その事実が、皮肉にも兄の死に現実味を与えていた。

「雨ちゃん」

春陽は、雨の傍まで行った。

「おにいがこれを……」

最後に頼まれたこと。春陽は、兄に託された紙を、彼女に渡した。


明け方の部屋は静寂に満ちている。耳が聞こえているのに、どんなに耳をすませても、愛しい人の声は聞こえない。

日下の気配もない。もちろん、月明かりに消えてしまった千秋の気配も。

雨は静寂の中で、春陽に手渡された紙を開き、そこに書かれた文字を見ていた。

「ねぇシンディー……」

亡くなった祖母が愛用していたスマートスピーカーのシンディーに話しかける。震える声で、こう続けた。

「イフタフ・ヤー・シムシム……」

春陽に手渡された紙には、太陽の字で、『シンディーに魔法の呪文を唱えてみて』と書かれていた。

雨の言葉に、シンディーが作動する。そして。

「雨……」

彼の声が聞こえて、雨の視界が一気に煙った。愛おしさに、全身が震え、熱い涙が瞬く間に頬を伝い落ちる。

「びっくりさせてごめんね。急にこんなことになって。今からちゃんと説明するね——」

雨は目を閉じて、太陽の声に意識を集中させる。一言一句、聞き漏らしたくない。

すると、まるでそこにいるかのような、鮮明な映像が目の前に広がった。

雨が聴覚を失い、絶望する太陽のところに、日下が現れてこう言った。

「奇跡は、まだ終わっていません」

当然、太陽は困惑する。

「え？」

「先ほど、天から最後の言葉を預かりました」

太陽は衝撃を受けてじっと日下を見つめた。

「奇跡とは、与えられた奇跡に対して君たちが何を想い、どんな選択をするかを見つめるために存在する。逢原雨は心を捧げる選択をした。次は君の番だ」

太陽は大きく震えた。とある可能性、もうひとつの奇跡の予感に。

はたして日下は言った。

「彼女が差し出したその心を受け取るか否か。君の選択を見せてほしい。もし、受け取れば天寿を全うできる。しかし断れば、翌午前零時に命を落とし、逢原雨の心は彼女へと戻る」

太陽は暗くなった空を仰いだ。そこから見ているであろう、大きな存在に――心から、感謝したのだ。

「以上です。……どうする？　太陽君」

日下はそう訊いたが、答えはすでに分かっていただろう。

太陽は膝をつき、雨のことを見つめた。穏やかで、優しい微笑を浮かべたままの雨は、今、暗闇の中で何を思うだろう。

「本当なら俺、あの大晦日の夜に死んでいたんですよね」

奇跡のことを知ったとき。この世のすべてを恨んだ。天のことも、日下や千秋のことも。何より、雨の選択そのものさえ。

「でも、この奇跡が猶予をくれた。雨と生きる時間を」

辛いことも、苦しいことも、たくさんあった。しかし、それを凌駕するほどの幸福を、太陽は手に入れたのだ。

「俺はもう、十分もらったから……」

太陽は、彼女の手に優しく自分の手を重ねた。愛おしさのすべてを伝えられるように。

「だから返します。雨に心」

太陽の選択を肯定するように、日下はそっと頷いた。彼の瞳には、人間味に溢れた、穏やかで優しい光が宿っていた。

「——こんな大事な決断、勝手にしてごめん。でも俺、後悔なんてしてないよ」

雨は床に崩れ落ち、背中を震わせて泣く。

「だから、雨——」

すぐそこにいるかのような、優しい声が室内に響く。

「お願いだから、泣かないで……」

雨はもう一度目を閉じる。耳をすませていると、再び、太陽の姿が見えた。

夕陽が部屋を照らす中、太陽が、テーブルの上に置いたスピーカーに言葉を吹き込んでいる。

「俺は笑ってる雨が好きだよ」

自分だって泣いているのに。でも、泣きながらも、太陽は笑っている。

「大好きだよ……」

囁(ささや)くように。

「ありがとう、雨……あの日、俺の傘に入ってくれて」

雨は膝に置いた手を握りしめ、祈るような気持ちで、太陽の言葉を聴く。

「今日まで一緒に生きてくれて……本当に……本当にありがとう」

涙で震える声に、雨の胸も締め付けられる。

「ごめん、俺も湿っぽくなっちゃったね。そうだ、約束しようよ。未来の約束」

雨は目を閉じたまま、呟(つぶや)いた。

「未来の約束……？」

手は、自然に手首に結ばれた赤いミサンガに触れる。太陽が結んでくれたのだ。すべての五感をなくし、ベッドに横たわる雨の手首に。願いを込めて。

「雨、一人前のパティシエになってね。たくさんの人を幸せにする、そんなお菓子を作ってほしいんだ」

優しい手が、愛おしそうに、雨の頭を優しく撫でた。憶えていなくても、感じられなくても、雨はその瞬間を見ることができる。

「太陽君……」

涙が、赤いミサンガに落ちる。

「雨ならできる。絶対にできるよ」

目を閉じたままの雨は、太陽がすぐ横に座ってくれているような気がした。優しく、穏やかな微笑を浮かべて。

もう泣いていない。

「それでいつか君の夢が叶ったら。天国の雨を降らすよ。ありったけの心を込めて。そのとき、あの傘を差してくれたら嬉しいな。だから――」

太陽は、自身の小指を差し出した。

「もう一度、約束」

その指を、眩しい夕陽が美しく染めている。雨は震える小指を差し出し、彼の小指に絡めた。

「約束……」

5

海を臨む高台の墓地には、春の空気が満ちていた。空気は芳しく、抜けるような青空に、澄んだ小鳥の声が響く。

薄手の上着を羽織った雨は、太陽の墓前に花を供えた。そして、上着のポケットから爆竹を取り出した。

まるで昨日のことのように憶えている。この爆竹は、〝呼ぶため〟だと思っていた……そう、彼が言っていたこと。

天国から大事な人を呼ぶために鳴らすのだと。

雨は、今、願いを込めて、爆竹に火をつける。けたたましい音が鳴り響いた。

そのとき。

「──雨」

ハッとして、声の方を見た。しかし、太陽の姿はどこにもない。

分かっているのに。

太陽が亡くなったのに、もうどこにもいないのに、季節は当たり前に移ってゆく。春の空気や、花が風にそよぐ風情さえ、雨は悲しかった。せめて彼の気配を、感じることができたなら。幽霊でもいいから、爆竹を鳴らしたときだけでいいから、声を聞かせてほしいのに。

俯き、唇を噛む。するとポケットの中でスマホが鳴った。

「もしもし……」

「雨ちゃん？」

電話をかけてきたのは、陽平だった。

「実は、君に見せたいものがあるんだ」

「見せたいもの？」

「太陽の花火だよ」

まったく思いがけないその言葉に、雨は耳を疑った。

「え……？」

「桜まつりのとき、予備で同じものを作っていてね」

太陽の花火を、雨は結局、見ることができなかった。それでも、見えたフリをした。嘘をついたというより……本当に、見えた気がしたから。

彼が夜空に咲かせてくれた、十秒間……あの美しい、赤い傘の花火を。

しかし、本当に見ることができる？

「君のために上げてほしいって、最後の夜に頼まれたんだ」

太陽は、分かっていたのか。あの日、雨は花火を見ることができなかったことを。

「あいつ言ってたよ。この花火は、俺の最高傑作だって」

知っている。雨にもそう言っていた。

「だから、見届けてやってくれ。太陽の花火」

雨は、じっと、太陽の墓を見つめた。

納得したつもりでいた。太陽の心を込めた、十秒間を……実際に見られなくても、それ以上の幸福をもらったのだからと。

でも、実際に見ることが叶うなんて。

こんなに思いがけないタイミングで。

彼が逢いに来てくれた気がした。雨は笑みを浮かべて、陽平に返事をした。

「はい……！」


数日後の夜、雨が約束の場所に訪れると、「雨ちゃん」と呼ぶ春陽の声が聞こえた。暗がりから朝野煙火の花火師たちが姿を現す。

雨は小さく微笑んだ。そこに、印半纏を着た春陽がいたからだ。少し照れくさそうではあるが、それでも夢への一歩を踏み出した表情は大人びて見える。雨はそんな妹を誇らしく思った。

「大丈夫かい？　雨ちゃん」

陽平が優しく声をかけてくれた。その声は悲しみに満ちている。最愛の息子を亡くして間もないのだから無理もないことだ。

それは雨も同じだ。未だ拭いきれない喪失感が心を曇らせている。

それでも今は、今だけは、その悲しみを胸にしまって背筋を伸ばした。

「はい。精一杯、生きてゆきます。太陽君の分まで」

雨の言葉に背中を押されるように、陽平や春陽、花火師たちも頷いた。

これから太陽の花火を見る。あの日の約束を叶える。

それが太陽のためにできる、一番の弔いだとここにいる全員が思っていた。

雨は夜の海辺の公園で、ひとりそのときを待った。

今頃筒場（つつば）では、花火師たちが懸命に準備をしてくれているはずだ。

鼓動の音が早くなる。夜空を、瞬きするのも惜しくて、必死に、じっと見つめる。

すると――。

ヒュー！　と音がして、光の線が高く、高く高く、昇ってゆく。

雨の瞳が輝く。

その心に、太陽の最後のメッセージがよみがえった。

「最後に、あの言葉を伝えるよ。雨の心を支える言葉……。色々考えたんだ。でも、やっぱりひとつしかなかったよ」

雨はその言葉を聞きながら、光の線の行く先を見つめる。

「出逢った頃からずっと思っていたことだから。何度でも言うよ。百回でも、千回でも、一万回でも」

そして、太陽の花火が夜空に咲いた。

雨の中で広げた赤い傘のような花が。

「雨は、この世界に必要だよ」

ああ、と雨は心の中で叫ぶ。

ずっと見たかった。太陽君の花火だ。

これほどまでに美しいなんて。

十年間、願い続けてきた約束の花火が、夜空に大きく花開き、そして散らばってゆく。

雨の瞳からは、大粒の涙が溢(あふ)れ出て、夜空に溶けてゆく光の雫(しずく)と同じように、流れ、散ってゆく。

それでも、幸福だった。

太陽がくれたのだ。人生いちばんの、この笑顔を。

旅立ちの朝がやってきた。

キャリーケースを手に階段を下りてきた雨は、その場に佇み、ゆっくりと居間を見渡す。

同じ鞄を引いてこの家に帰ってきたのが、遠い昔のことのようだ。あの日、笑顔で雨を迎え入れてくれた雪乃は亡くなり、その後は太陽と共に暮らした。短い間でも、この上もなく幸福だった日々の欠片が、まだあちらこちらに残っている。並んで座り、他愛ない話をして笑いあったソファに。朝夕の食事を共にしたテーブルに。雨の音を聞き続けた窓辺に——。

それらに、今日、いったん別れを告げる。

傍に立つ霞美が、穏やかな声で言った。

「いよいよ出発ね。東京に行っても頑張って」

「うん。わたし、もう挫けたりしないから」

雨が答えると、母は柔らかく笑う。

「そうね。雨にはお菓子作りの才能があるからね」

その言葉は、幼い頃と同じように、雨の背中を押してくれる。

「ありがとう。行ってきます！」

大切な記憶と母の言葉を胸に刻み、雨は逢原家を後にした。

空は雲一つ見当たらず、抜けるような青空が広がっている。石畳のオランダ坂を、雨はキャリーケースを引きながら、真っ直ぐに歩いてゆく。

しかし、ふと立ち止まり、鞄からあるものを出した。

太陽の赤い折り畳み傘だ。その傘に、雨は微笑みかけた。

「頑張るね、太陽君……」

この傘は、希望と約束の象徴であり、太陽そのものでもある。

一緒に行こう。この青空の下を。

雨は背筋を伸ばして、再び歩き出す。夢へと続く、この道を——。

6

東京郊外の、その街には、小さくて可愛らしいパティスリーがある。都会の喧騒を離れた静かな場所に、建物そのものが繊細なお菓子のような、可愛らしい外観の店だ。

店の手前には小さな庭があって、草花が風に揺れている。群生した白いマーガレットは、風に揺れながら笑っているようだ。

店内は飲食もできるようになっている。内装もやはり可愛らしい。開店から間もないため、胡蝶蘭の鉢が置かれている。送り主は朝野煙火工業や、レーヴだ。

　そして、切れたミサンガも、ひっそりと飾ってあった。

　店内はすでに大勢の客たちで満席だ。みんな笑顔で、注文したスイーツを楽しんでいる様子だ。

「マカロン、おまたせしました！」

　雨の軽やかな声が響き渡った。

　厨房から出てきた雨は、パティシエの制服姿だ。そのボタンのひとつは、あの日、太陽のコートからもらった第二ボタンだった。

　マカロンを一口かじった女性客が、顔を輝かせる。

「ん！　美味しい！」

「ありがとうございます！」

　雨もにっこりと笑った。

「どれもわたしの最高傑作ですから！」

　胸を張って言えるようになったのは、太陽のおかげに他ならない。

　雨は、こんなとき、ふと彼の顔と声を思い出し、心の中で語りかける。

　ねぇ太陽君。

　わたしと友達になってくれて、ありがとう。恋人になってくれて、ありがとう。あなたと出逢ってからの十年間は、人生で一番嬉しい時間でした。

大袈裟じゃなくて、本当に本当にそう思ってるよ。

「雨だ……」

ふと、窓際に座っていた女性客が外を見て言った。

「ほんとだ。変な天気」

雨も見た。外は晴れているのに、確かに、微かな雨が降っているようだ。

ああ。彼だ――。

雨は嬉しくなって微笑む。

すぐに分かった。彼がくれた、天国の雨だと。

雨は導かれるように外に出た。

美しい天泣が、草木を、白いマーガレットを、二人の約束の店を濡らしている。

外に出てきた雨は、少しズレた看板を直した。看板には、『SUN&RAIN』と店名が書かれている。ふふっと笑う――そのとき、

『――雨』

ハッとして、声の方を見たが、太陽の姿はない。

それでも雨は微笑んだ。悲しみを胸にしまって。

庇の下から太陽の下へ出る。

春の雨が全身を包み込む。雨は空を見上げた。

そして、手に持っていた折り畳み傘をゆっくりと広げた。

青空に赤い花火を咲かせるように。

「叶えたよ……ふたつとも」

雨はそっと呟いた。

「赤い傘と、未来の約束」

彼はもういない。この世界のどこにも……。

それでも今は、今だけは、近くにいてくれているような気がする。すぐ隣に、大好きな太陽が。

雨は心で感じた。唇に触れた雨粒の味を、香りを、手ざわりを、色を、柔らかな雨の音色を。

どうしてなんだろうね。どうして太陽君と出逢ってからの十年間は、あんなに輝いていたんだろう。

あんなに幸せだったんだろう。

そんなの、決まってるね。

太陽君が、わたしを必要としてくれたから。

たくさん笑ってくれたから。

一緒に生きてくれたから。
それと――。
君が心をくれたから……
この想いが、笑顔が、天国の彼に届くと信じて。
いつまでも、いつまでも、心を込めて。
世界を彩る太陽と雨の中で。

特別短編

Sun Story

雨と太陽

宇山佳佑

雨と太陽は同じ空でつながっている──。
ずっとそう思っていた。
でも違った。そうじゃなかった。
だって雨が降るとき、そこに太陽はいないんだから。

六月の柔らかな風が、この街に雨の季節を運んできた。

それでも今日は穏やかな陽射しが長崎を包んでいる。すり鉢状の地形の街の真ん中には紺碧色の湾が広がっていて、その一角では鯨のような巨大な豪華客船が長旅の疲れを癒やしている。小さな巡視船が遠慮気味にその脇を通り過ぎると、波しぶきが上がって、雫が白銀色に輝いた。

さっきまで頭上を覆っていた雲の群れは南へと流れ、空が水色に笑っている。また数日もすれば長崎の街は雨に濡れるだろう。だから人々は春よりも清々しくて、夏よりも優しい梅雨の切れ間を心から満喫しているようだった。

そしてそれは、朝野太陽も同じだった。

彼が通う県立長崎高等学校は急峻な坂の上にある。校舎の三階に位置する三年一組の教室には陽光が燦々と降り注ぎ、窓際の席に座る太陽をまどろみの中へと誘っている。

六時間目の授業は大嫌いな英語だ。心地よい陽気に眠気は募るばかりだった。しかし眠ったら大変だ。太陽は英語教師に目をつけられている。「ミスター朝野。次に居眠りをしたらお父さんに報告するぞ」と脅されているのだ。父の耳に入れば説教されるに違いない。やっとの思いで弟子入りを許可してもらったのに、気が変わっては大変だ。太陽は手の甲に爪を立てて必死に眠気と闘っていた。

授業が終わるまであと五分。もう少しの辛抱だ。

そんなことを考えながら、机の中から一冊の本を出す。書店のカバーが巻かれた文庫本よりも少しだけ大きな本だ。

ピンクの付箋が貼られたページを開くと、そこに書かれた文字を見て思った。

あれからもう一ヶ月か……。

ふと、本から顔を上げる——と、驚きのあまり椅子から転げ落ちそうになった。

目の前に先生が立っていたのだ。

「ミスター朝野。ワット・アー・ユー・ドゥーイング？」

英語教師がコテコテのカタカナ発音で訊ねてきた。

「ア……アイ・ドン・ノー……」

そう答えたけれど、時すでに遅しだった。

授業後、太陽は職員室でこっぴどく叱られた。父への連絡はなんとか回避できたが、一学期の成績は絶望的だろう。でもまぁいいか、と太陽は教師に隠れてこっそり思った。

放課後の掃除をサボることができたんだ。ヨシとしよう。

放送室の掃除係は面倒だ。高価な機材が揃っているので、掃除のあとに教師のチェックが必ず入る。今週は太陽の当番だった。

英語教師に頭を下げて職員室を後にすると、再び三年一組の教室へと戻った。

女子たちが日だまりの中で談笑している。好きなアイドルの話で盛り上がっているようだ。廊下ではプリントとガムテープで作った即席のサッカーボールで遊ぶ男子たち。ゲラゲラと笑う声が教室の中まで聞こえてきた。長閑な放課後にふっと笑みがこぼれた。

「なぁ、ピーカン。お前もやろうぜ」

廊下で遊んでいた友人が、ドアから顔を覗かせて誘ってくれた。でも、

「悪い、今日はもう帰るよ」

太陽は机のフックに引っかけてあった通学鞄を手に取った。教科書と書店のカバーが巻かれたあの本をしまおうと鞄の口を開く——と、中に入っていた〝あるもの〟に目が留まった。亡き母の形見の折りたたみ傘だ。本当は赤い色をした傘は、彼の目にはくすんだ緑色に見えている。太陽はその傘をじっと見つめた。

我に返り、クラスメイトに挨拶をして教室のドアを開ける。

そのときだ。

廊下を挟んだ窓の向こうの光景に、太陽は足を止めた。

晴れた空から雨が降っている。

強い雨ではない。優しく、静かな、美しい雨だ。

雨滴は窓ガラスにいくつもの線を描き、光に照らされ、七色に煌めいている。

それを見つめる太陽の瞳もまた、虹色に包まれていた。

「奇跡だ……」と呟くと、彼は晴れやかに笑った。

それより十ヶ月ほど前のこと――。

あの頃、太陽の世界は色をなくしていた。なにを聞いても、なにを見ても、なにに触れても、嗅いでも、食べても、心が色づくことは決してなかった。胸の奥のパレットには絵の具はもう残っていない。俺の世界は死ぬまでずっとこのままなんだ。そう思いながら十七歳の夏を流されるまま過ごしていた。あの日、あの夜、あの女の子に出逢うまでは……。

「わぁ！　綺麗！」

少女の声に、太陽は足を止めた。

振り返って見上げたそこには、夜空を彩る大輪の花がある。数秒遅れて炸裂音が地上に届くと、長崎水辺の森公園に集まっていた大勢の観客たちから割れんばかりの拍手と歓声が上がった。この日のために買ったのであろう新品の浴衣を着た女性。父親に肩車されて特等席で笑っている少女。ビールを片手に騒いでいる若者たち。誰もが幸せそうな顔をしていた。この街の夏の恒例行事『ながさきみなとまつり』を彩るにふさわしい、父・陽平が作った壮大な花火だ。

本当はすごく綺麗なんだろうな……。

漆黒の空を染める百花繚乱の花々は、彼の目にはどれも鈍色に映っている。しかしそれは赤を認識できないその目が見せた色ではない。太陽の心の色、そのものだ。

高校一年生の秋、彼は色覚障害と診断された。以来、花火師になる夢を諦め、目標をなくし、ただ無気力に生きてきた。そんな日々の中、太陽は次第に思うようになっていった。

俺にはもう、なんの価値もないのかな……と。

そして夏になると、その憂鬱(ゆううつ)はピークに達した。理由は分かっている。花火大会が迫っているからだ。父は、この日のために毎晩遅くまで花火を作っている。父だけではない。朝野煙火工業で働く花火師たちも皆、花火と真剣に向き合っている。去年の今頃は太陽もできることを手伝っていた。一日も早く彼らの一員になりたいと願っていた。でも、この目のことが分かってからは父たちを避けるようになった。花火に触れれば思い出してしまうからだ。幼い頃、母と交わしたあの約束を。

ったく、勝手にいなくなりやがって……。

花火が彩る空の下、太陽は炸裂音の合間に舌打ちをした。でも妹の春陽(はるひ)に「出店で焼きそばおごってよ！」と無理矢理外へと連れ出されたのだ。そのくせ春陽は食べるだけ食べて、友達のところへさっさと行ってしまった。結果、見たくもない花火を一人で見ている。

もう帰ろう。ここにいても辛(つら)くなるだけだ。

そう思い、踵(きびす)を返そうとした。その瞬間、彼の心で、色が弾けた。

何色でもなかった視界が、華やかに、鮮やかに、極彩色に染まってゆく。

花火も、人も、街灯も、なにもかもが光って見える。

太陽の視線の先には一人の女の子。皆から離れ、ぽつんと佇んでいる。

同い年くらいだろうか？　もしかしたら年下かもしれない。まだ大人になりきれていない無垢さを纏ったその彼女は、白く透き通った頬に花火の光を柔らかく反射させている。

夜を濃縮したような艶やかな黒髪がふわりと風に揺れると、太陽の心は夢を諦めたときとは全く違う愛おしい痛みを覚えた。しかし同時に、ひとつの疑問が頭をもたげた。

あの子、どうして笑ってないんだろう……。

花火って、見れば誰でも笑顔になると思ってた。どんな嫌なことがあっても、悲しいことがあっても、花火を見ている瞬間だけは嫌なことだって忘れられるって。

でも、あの子は違う。すごくすごく寂しそうだ。

太陽の心に、母の言葉が蘇った。

――いつかたくさんの人を幸せにするような、そんな花火を作ってね。

彼は拳をぐっと固めた。

あの子の笑った顔が見たい。俺の花火で笑わせたい。

そんなふうに思っている自分に驚いた。

だけどなんだか、すごくすごく、誇らしかった。

「んで？　名前も知らないその子のこと、半年間も捜してるわけ？」

新年を迎えてすぐの成人の日の昼下がり、太陽は春陽の蔑むような視線に居心地の悪さを感じていた。まさかこんなに引かれるなんて……。ソファの上で電気毛布にくるまりながら「お前には関係ないだろ」と唇を尖らせた。

春陽には例の女の子のことは黙っていた。バレたら茶化されるに決まっているから。でも、寝正月で気持ちが緩んで、つい口を滑らせてしまったのだ。

「そんなに可愛かったの？　その子」

「ま、まぁね……」

「キモ！　なに、その陰キャスマイル！　性犯罪者予備軍の面構えじゃん！」

小学生にしては随分とませた奴だ。そして弁が立つ。太陽は閉口した。

「でも見つけられるのかなぁ？　長崎に何人の女の子がいると思ってるのよ。名前も写真も手がかりもない、そんな中からたった一人の女の子を見つけるなんて無理だと思うけどな」

「言うなよ。へこむから」

太陽はテーブルの上のみかんをひょいっと取った。

「まぁでも、春陽の言うとおりかもな……」と、ため息をひとつ。「色々訊いて回ってるけど、手がかりすら見つけられてないし」

「色々訊いて回ってる？」

「うちの学校の子じゃないんだ。だから別の高校に通ってる同中の奴らに訊いて回ってて」

「こ、行動力がストーカーの領域なんですけど……」

「うるさいよ」と太陽は妹の頭にチョップして、みかんをひと房、ぱくりと食べた。

「まぁ、頑張りな。容疑者にならない程度に」と春陽がまたからかってきた。

じろっと睨むと、生意気ざかりの妹もさすがに言い過ぎたと思ったのか、

「もし再会できたら、その子がおにいの運命の人かもよ」と愛想よく言ってきた。

「運命の人？」

「うん。赤い糸で結ばれてるかも！」

「そ、そうかなぁ」と思わず顔が緩んでしまった。

「その顔、キモいよ？」


春陽の苦笑に気づかぬまま、太陽はまたあの子のことを思い出していた。

もう一度、逢いたいな。なんて名前なんだろう。なにが好きで、どんな夢を持っているんだろう。どんな声をしているのかな。あの子のことをもっと知りたい……。

この半年、毎日のようにそう思っていた。

だから彼女の名前が『逢原雨』だと分かったとき、太陽は思わず呟いた。

同じ空だ……と。

雨と太陽は同じ空でつながっている。そう考えると、ことさらに嬉しかった。大袈裟だけど、運命すら感じてしまった。春陽の言ってたことは本当かもしれないぞ……って。

やっと見つけた花火のあの子は、今年入った新入生だった――。

以来、雨を目で追いかけた。通学の途中も、移動教室の最中も、昼休みも、放課後も、彼女のことを捜し求めた。この目に映るだけで幸せだった。どんな嫌なことがあっても、すべてが帳消しになるほど嬉しいって思えた。それなのに、
彼女はちっとも笑ってくれない。

どこにいても、なにをしていても、常に悲しそうな顔をしている。

一体なにがあったのだろう。もしも一人で悲しんでいるなら、ほんのちょっとでも彼女の力になりたいのに……。だけど今の太陽には、雨に話しかける勇気なんて微塵もなかった。

「んで？　ずーっとため息ばっかりついてるわけ？」

ゴールデンウィークの終わりを明日に控えた夜、夕食の席で春陽が出し抜けにそう言った。太陽は「ため息？」と目をしばたたかせる。

「今、漏らしてたよ。はぁ、はぁ、って何回も。変態の息づかいみたいで引いちゃったよ」

太陽は「うるさいよ」と生姜焼きを口に突っ込んだ。

「どう？　美味しい？　恋のため息を吹きかけた生姜焼きは」

まったく、相変わらず口の達者な妹だ。太陽は無視して食事を続けた。

「なんだ太陽、恋してるのか？」

斜向かいに座っていた陽平が両眉を上げて興味津々の顔をしている。

「そうなの！　おにいってばピュアピュアな恋してるの！」と春陽はノリノリだ。

「そりゃ羨ましい話だな。どんな子なんだ？」

太陽は「いいから、そういうの」と無理矢理話を終わらせようとした。

だけど春陽は調子に乗って「では説明しよう！」と人差し指を立てて語り出した。

「半年前に一目惚れした女の子が突如新入生としてやってきた。彼女の名前は逢原雨。しかし、おにいの唯一にして最大の個性である『人見知り』が発動して、ちっとも話しかけられないのであった。……ったく、もう一ヶ月も経つのにさ」

痛いところを衝かれて、太陽は顔をしかめていた。すると、

「じゃあ、縁がないのかもな」

父の言葉に、太陽は「縁？」と眉をひそめた。

「その子の名前、あめだっけ？　空から降るあの雨か？」

「そうだけど……」と顎だけで頷いた。

「雨と太陽は、同じ空にはいられないもんな」

太陽が押し黙ると、春陽が「おとう、それ禁句だから」とため息を漏らした。

「え？　俺、変なこと言ったか？」と父は少し戸惑っていた。

「おにいってば、その子に話しかけられなくてずーっと落ち込んでるの。どうせ思ってんのよ、雨と太陽は結ばれないんだ……って。ほんとネガティブ」

太陽は唇をへの字にして「ごちそうさま」と食器を重ねて立ち上がった。

階段を上った先にある自室に入ると、そのままベッドに倒れ込んだ。

そして、ため息の中で思った。

雨と太陽は同じ空でつながっている——。

ずっとそう思っていた。

でも違った。そうじゃなかった。

だって雨が降るとき、そこに太陽はいないんだから。

この一ヶ月、何度も何度も話しかけようとした。でもそのたびに勇気がなくて諦めた。

小さくなってゆくあの子の背中を見て思ったんだ。

俺たちは同じ空にはいられない。結ばれない運命なんだ……って。

内気で弱気で意気地なしの自分がムカつく。でも、どうしたって勇気が出ない。きっかけすらも摑めない。結果こうしてくすぶっている。ほんと格好悪い……。

やがて夜気が太陽を眠りへと誘った。

夢の中でも「逢原さん」と声をかけられそうになかった。

二日後の朝、制服に着替えた太陽が眠い目を擦りながらトーストを齧っていると、身支度を整えた春陽が軽やかに階段を下りてきた。「おはよー。やっと起きたか、ねぼすけ」と向かいに座って頬杖をつく。ふふふという声が聞こえてきそうなほどの笑みだ。

「なんスか？　自分、またため息漏らしてましたか？」

嫌みっぽくそう言うと、春陽は「違う違う」と首を振り、一冊の本をこちらへ向けた。

「これ、あげるよ」

書店のカバーが巻かれた文庫本より少しだけ大きな本だ。

「なにこれ？」

「昨日、駅前の本屋さんで見つけて買ったの。話のネタになるかなぁって思ってさ」

「話のネタ？」と片眉を上げて表紙を開いた。

それは、『読んで楽しいお天気図鑑』という本だった。

「さてと、そろそろ学校に行こうかな。おにい、いつか寿司でもおごってよね」

軽く手を振り微笑むと、春陽はリビングから出ていった。

寿司？　なんでだよ？　てか、なんなんだよ、この本は？

太陽は首を傾げながら、パラパラと本をめくった。

雲の種類やその名前、どうして風が生まれるかなど、天気にまつわる事柄が写真と共に解説してある。つと、太陽はページをめくる手を止めた。

ピンク色の付箋がある。春陽が貼ったものだろう。

丸みを帯びた特徴的な字で『ココ、チェックね！』と書いてあった。

そこに書かれた天気の名前を、太陽は思わず口にした。

「天泣……？」

天が泣いているって書いて『天泣』というらしい。不思議な言葉だ。雲がない晴れた空から雨が降ることなんだ……。え？ それって——と、太陽の心は熱くなった。

東向きのリビングの窓から朝日がすぅっと差し込んできた。雲が流れてお日様が顔を出したのだ。その輝きの中、彼は笑った。さっきまでの憂鬱は嘘のように光の中に溶けて消えた。

それって、同じ空にいられるってことじゃん！

テーブルの上でスマートフォンがアラームを鳴らす。急がないと遅刻だ。

太陽は鞄を手に玄関へと向かった。

ローファーに足を通していると、靴箱の上に飾られた〝あるもの〟が目に留まった。

母の形見の折りたたみ傘だ。その色を見て、春陽の言葉を思い出した。

——もし再会できたら、その子がおにいの運命の人かもよ。

俺には運命の赤い糸なんてちっとも見えない。見えたとしても、きっとくすんだ緑色だ。

だからそんなの信じてない。信じたことは一度もない。でも――。

天泣が雨と太陽をつないでくれたら、もしかして……。

太陽は赤い傘を手に取った。

晴れた空から雨が降ったら声をかけよう。

ありったけの勇気を出して、逢原さんに。

太陽は、いつ天泣が降ってもいいように、鞄の中に母の傘をしまった。


「――なぁ、ピーカン。お前もやろうぜ」

英語教師にこっぴどく叱られたあと、教室に戻ると友人から誘われた。でも、

「悪い、今日はもう帰るよ」

太陽は机のフックに引っかけてあった通学鞄を手に取った。教科書と書店のカバーが巻かれたあの本をしまおうと鞄の口を開く――と、中に入っていた赤い傘が目に留まった。

今日も降らなかったな、天泣……。

あれからもう一ヶ月。この本で知って以来、ずっとずっと待っているのに。

奇跡が起きて、降ってくれたりしないかな……。

我に返り、クラスメイトに挨拶をして教室のドアを開ける。

そのときだ。

廊下を挟んだ窓の向こうの光景に、太陽は足を止めた。

晴れた空から雨が降っている。

強い雨ではない。優しく、静かな、美しい雨だ。

雨滴は窓ガラスにいくつもの線を描き、光に照らされ、七色に煌めいている。

それを見つめる太陽の瞳もまた、虹色に包まれて光っていた。

「奇跡だ……」と呟くと、彼は晴れやかに笑った。

行こう、逢原さんのところへ……。

太陽は走り出した。階段を駆け下りて一年生の教室を目指す。すれ違った英語教師が怒っても、「すみません！」と遮って猛然と廊下を走ってゆく。

やがて辿り着いた下駄箱で、小さな小さな背中を見つけた。

彼女は一人、晴れた空から降る雨を見上げている。

胸に手を置き深呼吸をひとつ。そして、一歩を踏み出した。

隣に並び立つと、雨もこちらに気づいてくれた。

目が合った瞬間だ。

ブラウンがかった瞳の中に、初めて映れた瞬間だ。

彼女は太陽に驚いて、気まずそうに横へとずれた。避けられている。臆病風に吹かれてしまう。だけど今日は、今日だけは、諦めることはなかった。
　こんな天気、きっともうない。
　二度と降らないかもしれない。
　だから――、
「逢原さん」
　一生分の勇気を出して話しかけた。
「逢原さんだよね？　俺、三年の朝野。朝野太陽」
「太陽……？」と雨は不思議そうに呟いていた。
　初めて聞いた彼女の声は、思ったとおり、ううん、それ以上に可愛かった。
「あのさ……」と太陽は続けた。
　予感がした。
　今日この場所からはじまる予感が。
　心のぜんぶでするような、そんな奇跡みたいな恋の予感が。
　そして、太陽は赤い折りたたみ傘を彼女に見せて、
　願いを込めて、雨を誘った。
「もしよかったら、入らない……？」

※この作品はフィクションです。実在の人物・団体・事件などにはいっさい関係ありません。

集英社オレンジ文庫をお買い上げいただき、ありがとうございます。
ご意見・ご感想をお待ちしております。

● あて先
〒101-8050　東京都千代田区一ツ橋2-5-10
集英社オレンジ文庫編集部 気付
山本　瑤先生／宇山佳佑先生

ノベライズ
君が心をくれたから 2

2024年3月23日　第1刷発行

著　者　山本　瑤
脚　本　宇山佳佑
協　力　株式会社フジテレビジョン
発行者　今井孝昭
発行所　株式会社集英社
〒101-8050東京都千代田区一ツ橋2-5-10
電話【編集部】03-3230-6352
【読者係】03-3230-6080
【販売部】03-3230-6393（書店専用）
印刷所　大日本印刷株式会社

Printed in Japan　ISBN 978-4-08-680551-3 C0193